KB238429

방랑, 파도

트리플

35

빙 링, 핀 드

이서아 연작소설

TRIPLE

차례

방랑, 파 도

요양원을 청소하며 알게 된 사실: 어떤 사물이든 요양원에서는 다시 주울 수 있다. 설령 그것이 옥색 반지이고, 방금 전 침대 밑으로 굴러 들어갔을지라도.

절을 올리듯 바짝 엎드린 채 손을 뻗으면, 설령 그것이 데굴데굴 굴러서 저 안쪽 깊숙한 곳으로 숨어들었더라도, 얼마든지 다시 주울 수 있다. 종교 혹은 신념 같은 것과는 별개의 차원에서(아무래도 훨씬 더 얕고 시시한 차원에서) 침대와 평행을 이루며 납작 엎드린 채로, 한쪽 볼을 기꺼이 더럽히며 고개를 돌리기만 한다면, 그 누구든 그것을 주울 수 있다.

　　물론 그것이 아주 작은 사물이고, 구르고 구른 끝에 바퀴 뒤에 몸을 숨겼다면, 그 사물을 발견하기 위해서는 노동이 좀 필요할 수도 있다. 아주 얇은 틈새를—신이 세상을 조각하다가 미처 채워 넣지 못한 빈틈 같은 곳을—눈이 빠져라 들여다보며 옷걸이나 빨대를 휘적거려야 할 수도 있다.

　　요양원의 일을 도왔던 그 얼마 안 되는 기간 동안 나는 종종 신과 대화를 나누고 싶었다(여기서 내가 말하는 신은, 어떤 특정한 종교의 신이 아니다). 이를테면 바짝 엎드린 채—볼을 바닥에 대고, 왼쪽으로 고개를 돌린 채—침대 아래에서 반짝이던 향자 할머니의 반지를 발견했을 때에도 나는 문득 신에게 묻고 싶었다.

　　종종 굽어살피시는지.

　　이곳을, 이 어둑한 곳을.

　　나는 반지를 주워 향자 할머니에게 전달했고, 할머니는 그것을 빤히 바라보다가 내게 말했다. "너 가져라."

　　반지는 아주 싸 보이기도 했고 아주 비싸 보이기도 했다. 나는 두려워졌다. "싫어요. 비싼 거 아니에요?"

　　"엄청 싸."

향자 할머니는 그 외에도 내게 책 선물을 주기도 했다. "안 돌려줘도 돼"라고 말하면서.

할머니가 내게 선물들을 주었던 건 그날 때문이었을 것이다. 할 일을 모두 마쳐 퇴근 준비를 하고 있을 때, 할머니가 나를 불렀다. 나는 할머니의 휠체어를 끌고 요양원 노인들이 삼삼오오 모여 화투를 치거나 수다를 떠는 공간으로 갔다. 그 공간에는 바다가 보이는 작은 창문이 있었고, 할머니는 창문 앞에서 휠체어를 세워달라고 말했다. 그리고 손에 들고 있던 책을 내게 주며 명령했다—"이걸 읽어. 소리 내서."

나는 순순히 할머니의 명령을 따랐다. 대단한 선의는 아니었다. 어차피 집으로 돌아가봤자 딱히 할 일도 없었다.

선물받은 책에는 할머니가 길게 그어놓은 밑줄들이 드문드문 있었고, 그건 마치 파도 같았다.

일렁일렁 몰려오는 파도.

당시 내가 머물렀던 곳은 바닷가 마을, 그중에서도 인구가 소멸해가는 아주 작은 마을이었다. 관광객들도 얼마 오지 않는.

바닷가 서핑숍이나 카페, 샴페인을 파는 펍에서 일하기엔 나는 서핑을 할 줄 몰랐고 커피도 만들지 못했으며 샴페인에 대해서도 문외한이었다. 그런데 청소, 빨래, 정리정돈은 할 줄 알았다. 그래서 백반집을 운영하는 남매의 집에 머물며 일을 도왔다. 엄밀히 말하자면, 그들이 나를 거두어주었던 것이 맞다.

요양원 일을 소개해준 것은 남매 중 누나였다. "할 일도 없으면 거기 가서 용돈이나 벌어"라고 그가 말했던 것이다. 그래서 나는 일손이 턱없이 부족할 때 요양원에 들러 청소와 세탁 일을 했고, 그에 따른 급여도 조금 받았다. 그러나 그 집에 머물면서 그들이 제공해주는 방과 밥을 누리고 있었으므로 나는 더 큰 급여를 받았던 셈이다.

백반집 남매는 마을에서 소문이 안 좋았다. 마약을 한다는 소문이 돌았던 것이다. 그러나 내가 보기에 백반집 남매는 마약보다는 슬픔을 들이마신 사람들 같았다. 그들은 매사에 심드렁하고 대개 무덤덤했으며 가끔씩 웃었다. 요리는 주로 남동생이 했다. 누나—내게는 언니—인 여자는 사람들에게 요리를 내주고 그들의 이상한 요구를 상대하고 식당을 청소했다.

지금부터 그 여자를 '백'이라고 불러야겠다. 남동생은 '반'이다.

백은 결혼을 해서 마을을 떠났다가, 아이가 사고로 세상을 뜬 후 다시 돌아왔다고 들었다.

요양원에 가지 않을 때는, 그리고 백반집이 한산하다 못해 텅 빌 때는 백과 반이 나에게 서핑을 가르쳐주었다.

해가 높이 떴을 때, 우리는 가게 밖으로 나가 해안가를 걸었다. 바닷가 한쪽에 덩그러니 놓인 천막과, 그 아래로 놓여 있던 서프보드들을 향해.

우리는 발에 바닷물이 닿을 때까지 줄을—서프보드 리쉬를—붙잡고 보드를 질질 끌며 걸어갔다. 백이 가장 앞, 반이 그 뒤, 내가 맨 꼴찌였다.

날이 더운 날에는 그 짧은 거리를 걷는 일이 어떤 순례처럼 느껴졌다. 내 몸보다 커다란 보드는 여간 무거운 것이 아니었다. 땀이 주르륵 흘렀다.

걸으면서, 나는 저 앞의 백에게 물었다. "요양원 할머니께 반지를 받았는데, 역시 돌려줘야겠죠?"

반이 물었다. "비싼 거야?"

"할머니는 싼 거라고 했는데, 저는 비싼 걸까 봐

걱정돼요."

백이 뒤돌아보지 않고 말했다. "돌려줘. 그러는 게 좋겠다."

햇빛이 쩡했다.

나는 한참 망설인 끝에 물었다. "그럼 책도 돌려 줘야 할까요? 그것도 선물받은 건데."

하늘이 우리를 내려다보고 있었다.

반이 나를 돌아보며 실없이 웃었다. 백은 돌아 보지 않았다. 파도 소리 때문에 내 목소리가 묻혔거나, 그냥 대답하지 않는 것이거나.

둘 다이거나.

우리는 바다에 도착했다.

백이 나를 돌아보았다. "왜 안 와?"

반이 말했다. "어서 와, 빨리. 거기 혼자 있지 말고."

나는 의기소침하고 울적한 얼굴이 되어 백과 반을 향해 걸어갔다. 그리고 한 번 더 물었다.

"정말로 책도 돌려줘야 할까요?"

백과 반은 대답하지 않고 바다에 몸을 담갔다.

서핑의 룰은 (어쩌면) 간단하다. 파도가 오면, 타는 것이다. 보드를 쥔 채 망망대해를 바라보다가 아, 온다 싶을 때 미끄러지듯 보드 위로 올라탄 다음 일어서는 것이다. 그리고 균형을 잡고 파도를 타는 것이다. 타는 순간에 이론을 생각하면 오히려 넘어진다. 이론을 머릿속에 녹여두고, 파도가 올 때 그냥 타면 된다. 그런데도 보드 위에 나는 자꾸만 이론을 생각했다. 그리고 자꾸만 옆으로 넘어졌다.

마을의 젊은 사람들 간에는 활력 있고 질척거리며 명랑한 인간관계가 있었다. 나는 그중의 몇몇과 시답잖은 이유로 께름칙한 사이가 되었고, 그중의 몇몇과는 이상하리만치 별 계기도 없이 오래오래 연락을 지속했다(시간이 흘러 내가 마을을 떠난 후에도). 그러나 몇몇은 기별도 없이 마을을 떠났고, 그 후로 다시 연락이 닿는 일은 없었다. 어떤 방랑객들은 바닷가 마을 이곳저곳에서 일을 하다가 홀연히 사라졌다. 그들에게는 언제든지 돌아갈 수 있는 사랑 가득한 따뜻한 둥지가 있거나, 이 세상의 원동력이나 다름없는 앳된 꿈들이 있거나, 그 어느 순간에도 작별을 예고하지 않는 쓸쓸한 심장이 있는 것 같았다.

어쨌든 마을은 아주 많은 생의 역사로 이루어진

곳이었다. 요양원의 노인 중에는 마을에서 평생을 살다
가 들어온 경우도 있었다.

요양원 일은 꽤 힘겨웠다. 매일매일 출근하는
것도 아녔는데 말이다. 그곳에서 일하는 전문적인 요양
보호사와 위생원들이 나는 늘 존경스러웠다. 그들은 언
제나 눈코 뜰 새 없이 바쁘게 일을 하면서도 매일 정확
한 시간에 출근했기 때문이었다.

그들처럼은 아니었지만, 나는 계속 요양원 일을
도우러 갔다. 그건 첫째로 백반집에는 딱히 내가 할 일
이 없었기 때문에—남매는 내게 숙박과 식사를 제공해
줬으면서도 내가 청소를 하기 전 미리 방을 깨끗하게
치웠고, 세탁 일도 웬만하면 알아서 해결했다—뭐라도
하고 싶단 마음 때문이었으며, 둘째로는 내가 일하던
요양원이 바닷가 근처이기 때문이었다.

요양원의 물건들 구석구석을 걸레로 닦다가 눈
을 감고 가만히 있으면 꼭 파도 소리가 들리는 것 같았
다. 그 기분이 참 가슴 저릿했었다. 환상의 파도 소리를
들으며 할머니들의 침대를 청소하고, 손을 매우 깨끗이
씻은 다음 죽 같은 밥을 떠먹여드리다 보면, 하루가 다
갔다. 물론 할머니들께 밥을 떠먹이는 것은 내 업무가

아니었다. 그러나 내가 일하던 요양원은 너무 낡았고, 일손이 턱없이 부족했으며, 서로가 서로의 업무를 도맡는 일들이 종종 일어났다.

할머니들에게 밥을 먹여드릴 때는 숟가락을 평행이 아니라 자연스레 입으로 들어갈 수 있도록 조금 기울여야 한다. 너무 많이 기울이면 음식물이 급하게 흘러갈 수 있어서 아주 약간만. 또한 아무리 떠먹여드려도 힘이 없는 할머니들은 잘 흘릴 수 있기 때문에 주기적으로 입가에 묻은 밥알을 잘 모아 다시 넣어드려야 한다. 그럼에도 흘렸을 때는 목에 미리 부드럽게 매둔 노란 턱받이로 닦아드려야 한다.

그 시절 나는 종종 퇴근 후에 요양원 근처 공터로 갔다. 바닷가 끝에 있는 공터였다. 건물이 세워질 예정이었다가 조합이 파산되어 그대로 버려진 땅이었다. 공터를 둘러싸고 콘크리트 벽이 디귿 모양으로 세워져 있었는데, 바닷가 쪽은 뻥 뚫린 덕에 혼자 마음을 달래며 시간을 보내기 좋았다. 삼면을 둘러싼 벽의 안락한 보호 속에서 바다를 바라보고 있으면 왠지 신성한 기분이 들었던 것이다. 나는 해변에 버려져 있던 플라스틱 의자를 하나 주워 와 앉아 멀리서 파도가 그려내는 물결을 바라보곤 했다.

그날은 다른 층에 머물던 할아버지가 세상을 떠난 날이었다. 요양보호사들은 내가 할머니들이 머무는 층에서만 일하도록 했기 때문에 나는 그 할아버지의 얼굴도, 빈 침대도 보지 못했다.

나는 할아버지의 빈 침대를 상상하며 공터로 향했다. 바다에는 여느 때처럼 파도가 치고 있었고, 나는 플라스틱 의자에 앉아 그 물결을 바라보았다.

저 끝에서 저 끝까지 이어지는 물결을 눈으로 좇으며 나는 생각했다―그 노인의 장례는 지금쯤 끝이 났을까?

노인의 영혼을, 하늘의 노동자들이 데려갔을까?

하늘의 노동자들이 새가 되어 이 땅에 내려왔을까? 갓 태어난 영혼이 담긴 보자기를 입에 물고 날아와 땅에 도착했듯이, 노인의 영혼을 하늘로 데려다주었을까?

아니면 차를 타고 거기 도착했을지도 몰랐다.

운전을 해서.

노인들은 주기적으로 요양보호사들과 함께 외

출을 했는데, 같은 방에 묵었던 이가 세상을 떠날 때면 그 방의 남은 노인들을 위해 예정에 없던 외출 일정이 만들어졌다.

향자 할머니의 방에서 한 할머니가 떠난 날, 요양보호사들은 향자 할머니를 포함하여 세 할머니와 함께 외출을 하기로 결정했다. 원래대로라면 휠체어 끄는 일은 내 몫이 아니었지만 그날은 한 요양보호사가 병가를 내 일손이 부족했다.

"얘가 끌라고 해." 향자 할머니가 말했고, 보호사들은 "이번 한 번만이에요"라고 답했다.

햇빛이 적당한 날이었다.

나는 향자 할머니의 휠체어를 끌었다. 우리는 요양원 주변의 산책길을 돌았다. 작은 공원이었다.

저만치에서 앞서가는 할머니들이 보였다.

산책길은 자주 덜컹거렸다. 그날은 유독 할머니의 말수가 적었고, 나는 차마 말을 걸지 못한 채 침묵을 지키며 조용히 휠체어를 몰았다. 다른 경력 있는 요양보호사들은 할머니들에게 이런저런 질문을 던졌음에도 불구하고.

먼저 정적을 깬 것은 향자 할머니였다. 할머니

는 장난기가 가득 담긴 목소리로 말했다. "이 공원은 내 거야."

나는 여기서 진지하게 대답하면 안 된다는 사실을 알았다. "할머니 거예요? 언제부터?"

"며칠 전부터. 내가 하늘이랑 계약했거든."

"정말요?"

"그럼. 도장 꾹 찍었다고."

외출 시간이 끝나고 요양원으로 돌아갈 때, 나는 할머니에게 묻고 싶었다. 그 노인의 영혼을 배웅하러 새들이 날아올까요?

물론 나는 그 질문을 던지지 않았다. 울퉁불퉁한 땅을 지날 때면 휠체어가 조금 덜컹거렸다.

퇴근 시간에 향자 할머니의 방을 지나쳤을 때, 할머니는 또 다른 책을 읽고 있었다. 자글자글한 손으로 밑줄을 그으면서.

웬만한 슬픔은 이미 오래전에 견뎌봤다는 듯이.

웬만한 굴곡은 이미 수십 번도 더 건너봤다는 듯이.

할머니가 고개를 들어 나를 보더니, 화투나 한 판 치고 가라고 말했다. 나는 화투를 칠 줄 모른다고 대답했다.

그러자 할머니가 나를 앉혀두고 화투 수업을 시작했다.

자, 이게 게임의 규칙인 거야.

라고 말하듯이.

나는 반쯤은 알아듣고 반쯤은 알아듣지 못하면서 할머니의 이야기를 들었다. 할머니가 패를 하나하나 가리키면서 이것은 무엇이고, 저것은 무엇이라고 알려주는 동안, 저 먼 곳에서부터 파도 소리가 들려오는 듯했다.

화투 수업이 끝났을 즈음부터 비가 내리기 시작했다. 추적추적 힘없이 내리는 빗방울이었다. 요양보호사인 혜란 언니가 우산을 하나 빌려주었다. 이 정도는 맞고 가도 괜찮아요, 라고 내가 말했음에도.

그날도 나는 공터로 갔다. 플라스틱 의자에는 빗물이 점점이 떨어지고 있었다. 나는 의자 옆에 서서 바다를 바라보았다.

여기까지 다 바다야.

비가 내리니까.

나는 생각했다.

그때 자동차 한 대가 공터의 콘크리트 벽 앞에서 멈추었다. 나는 조금 놀라 뒤를 돌아보았다. 마약상의 차일 수도 있다는 생각을 하며—백반집 남매에 대한 소문만큼이나 마을을 돌아다니는 어떤 수상한 차에 대한 소문이 파다했던 것이다. 사람들은 그 차가 마약상의 차라고 말하곤 했다.

그러나 벽에서 빼꼼 얼굴을 내민 것은 혜란 언니였다.

"혜란 언니." 내가 말했다.

언니는 우산을 쓰고 있었고, 찰박찰박 내게 다가왔다. 물 위를 걸으며. 바다 위를 걸으며.

"이곳을 좋아하니?" 혜란 언니가 주머니에서 담배를 꺼내며 물었다. 내가 끄덕이자 혜란 언니는 담배를 입에 물고 불을 붙였다. 나는 타들어가는 담배 끝을 멀거니 바라보았다.

"한 대 피울래?" 혜란 언니가 담뱃갑과 라이터를 건네주며 말했다.

"좋아요." 나는 한 개비를 꺼내 입에 물고 라이터로 불을 붙였다.

"나도 이 공터를 좋아했는데. 아무도 드나들지

않으니까." 혜란 언니가 연기를 내뱉으며 말했다.

"제가 빼앗은 걸까요?" 내가 연기를 내뱉으며
물었다.

"전혀. 나는 어차피 더 좋은 장소를 알거든." 혜
란 언니가 웃으며 말했다.

"좋아요. 그럼 이제 이 공터는 제 거예요." 내가
말했다.

우리는 동시에 웃었다.

"여기는 좋은 장소야. 왠지 사원 같잖아. 신성한
기분도 들고." 혜란 언니가 내 생각을 읽기라도 한 듯이
말했다. 나는 놀라서 언니를 돌아보았다.

"맞아요. 저도 그렇게 생각해요."

"사실 하나도 신성하지 않은데 말이야." 언니가
말했다. 그리고 침묵 속에서 바다를 바라보았다.

나는 언니를 멀뚱히 쳐다보다가 실례인가 싶어
고개를 돌려 바다를 바라보았다.

언니가 침묵을 깨고 말했다. "백반집에서 지내
고 있지?"

"네."

"어린 시절에 거기 누나가 동생을 업어 키웠는

데. 동생이 정말 유명한 망나니였지. 나이 먹어서도 누나 속을 많이 썩였어. 그래도 이제는 사람 됐지. 여기저기 떠돌아 살다가 누나의 가게로 들어온 후부터는."

"아는 사이였어요?"

"그럼. 학교 다닐 때는 매일매일 함께 놀았어. 그때 지하 노래방을 그렇게 많이 갔지. 이제는 말도 섞지 않지만."

나는 뭔가 물으려다가 그만두었다.

언니가 담배꽁초를 물웅덩이 속에 버리며 말했다. "그럼 나는 이만 갈게. 오늘 고생했어."

"그래요. 잘 가요."

언니가 벽 너머로 사라지려다 말고 뒤를 돌아보며 물었다. "화투는 잘 배웠어? 이제 칠 수 있겠어?"

나는 잔상처럼 흩어져간 화투 속의 그림들과 향자 할머니의 목소리를 떠올리며 대답했다. "아니요. 자신 없어요."

혜란 언니가 웃으며 말했다. "룰이 어려워?"

"그건 아닌 것 같아요."

"그럼 뭐가 어려워?"

"잘 모르겠어요."

"그렇구나. 그럼 난 정말 간다."

그리고 언니의 자동차는 떠났다.

언니가 떠난 후에도 나는 한참을 파도를 보며 서 있었다. 그날 내가 그 공터를 떠난 것은 비가 그친 뒤였다. 나는 언니의 꽁초를 주위 접은 우산 속에 내 꽁초와 함께 집어넣었다.

그리고 백반집으로 향했다.

그로부터 몇 주 후, 향자 할머니는 세상을 떠났다. 조만간 할머니의 유족들이 요양원에 방문할 것이었다.

나는 반지와 책을 작은 천 가방에 넣었고, 이것을 그대로 유족에게 전달하기로 마음먹었다.

그리고 한참을 고민한 끝에 책을 가방에서 다시 꺼냈다.

신이시여, 책은 용서해주세요.

나는 손끝을 들어—밑줄이 흐려질 수도 있으니 책에 마주 닿진 않은 채—책의 밑줄을 따라 손을 움직여보았다.

초보자가 알아야 하는 서평의 룰도 (어쩌면) 간

단하다. 서퍼와 보드를 이어주는 기다란 줄, 서핑 리쉬를 잘 간수해야 한다. 그리고 파도를 타다가—적어도 타려고 시도하다가—물에 빠지고 바다 저편으로 보드를 놓칠 것 같으면 리쉬를 바로 붙잡아야 한다. 나 같은 초보자에게 리쉬는 필수다. 그것은 모두를 지키는 생명줄이다.

방금 전까지 온유하고 친밀했던 파도가 돌연히 성을 내서 나를 덮치고 망망대해로 끌고 가더라도, 나는 리쉬를 잡아당겨 보드를 몸 쪽으로 끌어온 후 다시 올라탈 것이다. 그리고 모든 것을 다 잃은 항해자처럼 보드 위에서—그 납작한 돛단배 위에서—숨을 쉴 것이다. 파도가 해안가 방향으로 치기를 기도할 것이다. 바람을 맞으며 물결을 감상하며 다시 철벅철벅 모래를 밟으며 걸을 수 있기를 꿈꿀 것이다.

서핑 수업을 받을 때, 나는 종종 바닷속에서 보드를 붙잡고 상반신을 내민 채 백과 반을 바라보곤 했다. 그들은 풍경 같았다.

남매는 바닷가 마을에서 나고 자랐기 때문에 바다에 대해서는—적어도 서핑에 대해서는—놀라운 전문가였다. 나는 그들이 바다를 대하는 태도가 나와 본

질적으로 다르다고 생각했다. 내게 바다는 장소였지만, 그들에게는 온몸으로 일렁이며 살아 숨 쉬는 거대한 생물체였던 것이다.

그들은 바다가 언제 자신들과 놀아주는지, 언제 좋은 파도가 오는지를 본능적으로 알아보았다. 좋은 파도란—나는 잘 모르지만—형태부터 다른 것 같았다. 능선처럼 푸르고 부드러운 곡선을 그렸다가, 금세 잔잔해졌다가, 다시 언덕처럼 솟아오르며 우리에게 다가오고 또 다가오는 파도가 좋은 파도인 듯했다. 그런 파도가 올 때면 백과 반은 침묵 속에서 "저기 봐, 바다가 우리와 놀아주려고 하잖아"라고 온몸으로 발화하며 순식간에 보드 위에 올라타 몸을 일으켜 세웠다. 그리고 파도를 탔다.

"멋진데요!" 나는 깍두기 신세가 으레 그렇듯이 그들의 황홀한 놀이에서 완전히 배제되어 보드를 붙잡고 환호했다.

철썩철썩.

그때 파도가 나를 때렸고, 그건 뒈지게 아팠다. 저 멀리서 백과 반이 매끄러운 동작으로 잔잔해진 파도를 타며 다가왔다.

나는 짠물을 그대로 들이마시며—눈을 끔뻑끔

뻑 뜨며—바다 풍경과 남매의 모습을, 그들 뒤의 새파란 하늘과 붓질처럼 길게 길게 늘어진 구름 떼를, 눈이 멀 것만 같은 햇빛을, 그리고 다시 그들을 바라보았다.

철썩.

내게 좋은 파도란 없다. 죄다 견디기 힘들고 고달픈 파도일 뿐이다.

내 꼴에 남매가 웃음을 터뜨렸다.

아하하하.

"어서 보드 위로 올라가. 그렇게 보드를 잡고 둥둥 떠 있으면 위험해. 아니면 모래 위에 앉아 있든지." 백이 말했다.

"제가 만약 여기서 빠지면 어떡하죠? 신이 구하러 올까요?" 나는 전혀 웃기지 않은 농담을 했다. 신은 나 같은 것을 구하기에는 너무 바쁘다.

파도가 보드를 힘껏 끌어당겨 저 멀리로 데려갔다.

"아니, 마을의 구조대가 구하러 오지." 반이 하하하 웃으며 말했다.

"그럼 그 사람들이 신이군요." 나는 바다에 둥둥 뜬 채 서핑 리쉬를 힘껏 끌어당기며 멀리까지 밀려간

보드를 내 쪽으로 데려오기 위해 애썼다. 파도가 세서 여간 힘이 드는 게 아니었다.

"찬서 아줌마랑 윤형 아저씨가 신인가?" 백이 보드 위에 엎드려 누우며 반을 향해 하하하 웃었다.

"아니, 술고래지." 반 역시 자세를 낮추더니 엎 드려 누우며 백의 말에 응답했다.

"그럼 왜 사람을 구해요?" 나는 물었다. 보드가 너무 무거웠다. 파도가 자꾸만 내 보드를 저 멀리 데려 가려고 했다.

"바다를 사랑해서. 혹은 바다에서 태어나서." 백 이 두 손으로 물장구를 치며 말했다. 햇빛이 백의 뒤통 수부터 발꿈치까지―하늘을 향하는 등을 부드럽게 쓸 면서―떨어졌다.

"그게 다예요?" 나는 물었다.

"그럼, 뭘 더 기대하니?" 백이 물었다.

"기대한 건 아닌데요. 궁금해서요." 나는 혼잣말 을 하듯 대답했다. 그 순간 파도의 힘이 잔잔해졌고, 나 는 리쉬를 끌어당겨 보드를 내 쪽으로 데려왔다.

"그 사람들은 그게 업이야. 먹고사는 일. 업은 생과 끈끈하게 얽혀 있어." 백이 말했다.

"음." 나는 겨우겨우 끌어당긴 보드 위로 엉금엉금 기어올랐다. 그리고 보드에 옆얼굴을 대고 누웠다.

"부담 주지 마." 백이 내게 말했다.

"무슨 부담이요?" 내가 물었다.

"전부 다! 그들이 자유롭게 살게 놔둬! 그들은 이미 많은 것을 바다에 걸었어." 백이 뒤에서 말했다.

어쨌든 백과 반은 보디가드들처럼 내 뒤를 지켜줬다. 백이 반보다 나와 아주 약간 더 가까웠다. 그날 나는 오랜 연습으로 기진맥진했기 때문에 편안히 엎드린 채 옆으로 고개를 돌려 바다를 보고 있었다. 다행히 그날 바다는 매우 잔잔해서 가만히 있으면 나는 더 깊은 곳으로 가는 게 아니라 자꾸만 얕은 곳으로, 모래사장 쪽으로 돌아왔다.

말하자면 우리의 구조는 아래와 같았다.

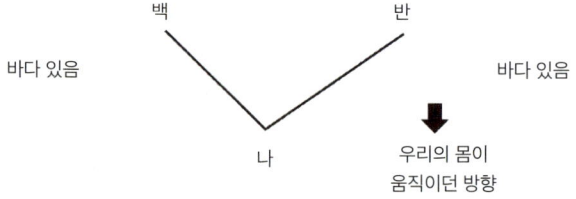

이것은 신의 관점이다.

신의 관점에서 우리는 작은 새들처럼 보일 수도 있다.

그러나 신의 관점을 따라 하는 것, 그건 불경하고 쓸쓸한 짓이다.

나는 이대로 눈을 감고 잠에 들어도 좋겠다고 생각했다. 보드를 타고 햇빛을 맞으며 망망대해를 떠도는 것이다. 그러면 아주 많은 사람을 다시 만날 수도 있지 않을까.

"자, 이제 나가자. 바다 밖으로."

어느새 보드가 해변 가까이 흘러와 있었다.

백의 말에 나는 천천히 보드 위에서 몸을 일으킨 다음 발을 내려 바닷속 모래에 착지했다. 바다와 모래의 경계선이, 해변이, 마을이 보였다.

향자 할머니가 세상을 떠난 후, 나는 할머니가 선물해준 책을 종종 펼쳐 보곤 했다.

나는 아직 배우는 중이었다—정말이지 열심히. 그러나 대부분의 것은 아무리 연습하고 또 연습해도 도저히 쉽게 익숙해지지 않는다.

어쨌든 나는 계속해서 파도를 타기 위해 노력할 것이다.

요양원에 출근하거나 서핑을 하지 않을 때면 그리고 백반집에서 할 일도 없을 때면 나는 홀로 마을을 산책하곤 했다.

어느 날은 승합차 한 대가 내 앞에 멈춰 서더니, 창문을 열어 물었다. "31번지로 가려면 어디로 가야 해요?" 그건 요양원의 주소였다.

나는 대답했다. "면회 시간은 끝났는데요."

운전자는 어깨를 으쓱하며 말했다. "면회를 가려는 건 아니에요."

"그럼 무슨 일인데요?" 나는 잔뜩 경계하며 물었다. "혹시 마약을 판매하시나요?"

운전자는 헛웃음을 지으며 조수석 쪽을 돌아보았다. 그 안에도 사람이 있었다. 둘은 서로를 마주 보며 잠시 웃었다.

"저는 진지해요." 나는 말했다. "평화로운 마을을 망치지 마세요."

운전자는 나를 돌아보며 답했다. "우리는 할머

니의 유품을 찾으러 왔어요."

"향자 할머니요?"

"음, 맞아요. 향자 할머니."

"아, 그렇군요. 죄송해요. 제가 실례했어요"라고
말한 뒤, 나는 정확한 지도를 다시 알려주었다.

차가 출발했다.

뒤늦게 그들이 향자 할머니의 유족들일 수도 있
다는 사실을 떠올린 나는 부리나케 차를 쫓아 달리기
시작했다.

자동차는 곧 멈추었다. 창문이 열리고 운전자가
겁에 질린 얼굴로 고개를 내밀며 나를 돌아본 것은 그
때였다. "왜 쫓아오는 거예요?"

"향자 할머니의 유품을 찾으러 왔다고 했죠?"

"예, 맞아요. 그런데 왜요?"

내가 숨을 헉헉거리며 답했다. "제가 할머니의
유품을 갖고 있어요. 돌려줄게요."

운전자가 고개를 내밀며 물었다. "당신이 뭔데
갖고 있어요?"

"요양원에서 일하고 있거든요. 할머니가 저에게
반지를 선물해줬어요. 돌려줘야 할 것 같아서요."

"음……." 운전자가 생각에 잠긴 표정으로 나를 쳐다봤다.

"가족분들인 줄 몰라뵙고 실례를 끼쳐서 죄송해요." 내가 여전히 숨을 헐떡이며 말했다.

"저희는 유족이 아니에요." 조수석의 사람이 말했다.

"그럼 당신들은 누군데 유품을 챙겨 가요?" 내가 물었다.

"음, 말하자면 전문 업체예요. 유품을 정리해서 배달하는." 운전자가 말했다. "설명이 좀 됐을까요? 우리는 매우 바쁘고, 어서 일하러 가야 해요."

"그럼 반지도 가져가셔야 하잖아요. 반지는 요양원에 있어요. 저를 태워주세요." 나는 밭은 숨을 몰아쉬며 간청했다.

"태워달라고요?" 조수석의 사람이 말했다. 그리고 운전자를 돌아보며 웃었다. 웃는 건 운전자도 마찬가지였다.

"그래요. 타세요." 운전자가 창밖으로 주변을 둘러보며 말했다.

나는 그들의 차에 올라탔다.

"마약 이야기는 뭐예요?" 운전자가 물었다.

나는 답했다. "이 마을에서 마약이 거래된다는 소문이 있어요."

"딱히 좋은 거래 장소 같진 않은데." 조수석의 사람이 웃으며 말했다.

"그러니까 여길 선택했을 수도 있죠. 아무도 의심하지 않을 테니까." 운전자가 조수석의 사람을 돌아보며—마찬가지로 웃으며—말했다.

"이런 조용한 마을에 마약이 퍼진다면 걷잡을 수 없을 텐데 큰일이네요." 조수석의 사람이 진지한 표정으로, 나를 멀거니 쳐다보며 말했다.

"아, 그러고 보니 우리가 아침에 식사했던 백반집의 남매도 마약을 한다고 누가 그러던데." 운전자가 말했다.

나는 침묵한 채 일단 듣고 있었다.

"오, 그러게. 왠지 둘 다 눈이 흐릿해 보이던데요." 조수석의 사람이 맞장구쳤다.

"맛이 간 건가?" 운전자가 웃으며 말했다.

나는 항변했다. "그들은 제 서핑 선생님들이에요."

"음." 운전자가 웃었다. "그게 마약을 안 한다는

증거가 되진 않잖아요."

"저는 그들을 오래 봐왔어요." 내가 답했다.

"그것도……." 운전자가 말하려는 찰나, 조수석의 사람이 손을 들어 운전자의 말을 막았다.

조수석의 사람이 말했다. "그만합시다."

운전자가 말했다. "왜 이래요, 비난하려는 생각은 없었어요. 저기요, 누가 마약을 하는지 알아요?" 운전자가 나를 힐끗 돌아보며 물었다. 내가 입을 다물고 있자 운전자가 덧붙여 물었다. "미친 사람들만 마약을 하는 것 같아요?"

"그럼 누가 하는데요?" 내가 물었다.

"불행한 사람들이 해요, 불행한 사람들이." 운전자가 말했다. 그러더니 잠시 차를 멈추고 휴대폰을 만졌다.

조수석의 사람이 말했다. "기다려봐요. 연락을 해보고 있어요."

"유족에게요?" 나는 물었다.

운전자가 나를 돌아보며 답했다. "가져도 돼요. 어머님께 대단히 비싼 물건은 없었어요."

그 말에 나는 서글퍼져서 말했다. "하지만 할머

님께 소중한 물건이었던 거 같아서요. 돌려드릴게요."

나는 잠시 뜸을 들였다가 고백했다. "사실 책도 받았어요. 그것도 돌려드릴게요."

"아까 책은 왜 이야기 안 했어요?" 조수석의 사람이 웃으며 물었다.

"죄송해요." 내가 사과했다.

"뭐, 상관없어요. 그냥 가지세요. 별거 아닌 물건들 같은데." 운전자가 말했다.

그 말에 나는 더욱 서글퍼졌다. "아니요…… 별거 아닌 물건들은 아니에요. 왜 가져가지 않으시려는 거죠? 가져가주세요."

그러자 자동차 안에 침묵이 감돌았다. 깊은 침묵이었다.

"반지를 돌려줄 필요가 없으니 내리셔도 되겠는데요." 조수석의 사람이 말했다.

"그래요. 내리세요." 운전자가 말했다.

그렇게 나는 차에서 내렸고, 차는 떠났다.

내린 곳은 서프보드가 세워져 있는 천막 근처였다. 나는 천막을 향해 걸어갔다. 석양이 깔리는 중이었고, 날이 선선했다.

파도 한 점 치지 않는 고요한 바다였다. 이런 바다에서라면 아무리 굉장한 서퍼라도 고생깨나 할 것이었다.

나는 보드를 어루만지다가 바닷가로 걸어갔다. 그리고 모래 위에 앉아 잔잔하게 일렁이는 파도를 바라보았다. 주홍빛 석양에 녹아드는 해변 풍경은 아름다웠다. 바다부터 하늘까지 물결 모양의 경계선을 그리며 켜켜이 쌓인 거대한 지층 같았다. 새들이 저 끝에서 날아와 지층들의 경계선을 가로지르며 다른 쪽 끝으로 날아가는 모습이 보였다.

나는 주먹을 쥐고 허공에 들어 올리며 도장을 찍는 시늉을 했다. "탕, 탕. 이 공터는 제 것입니다. 방금 계약을 체결했습니다."

향자 할머니가 보고 싶었다.

나는 손끝을 들어 바다의 물결들을 쓸어보기 시작했다. 천천히, 천천히.

저 뒤편에서 자동차 한 대가 멈추는 소리가 들린 것은 그때였다. 나는 뒤를 돌아보았다. 아까 그 자동차였다. 조수석의 사람이 차 문을 열고 나와 서서 내게 큰 소리로 물었다.

"거기서 뭐 해요?"

"그냥 바다 구경해요." 내가 말했다. "이제 가시나요?"

"네, 이제 가려고요. 처분할 짐이 별로 없네요. 옷가지랑 책이랑 화투밖에." 조수석의 사람이 답했다.

나는 서글퍼져서 말했다. "그렇군요."

"그 할머니랑 화투를 많이 치셨나요?" 조수석의 사람이 물었다.

"아니요. 조금 배웠을 뿐이에요. 그런 건 왜 물으시는 거예요?"

"그냥요."

나는 충동적으로 물었다. "할머니는 이제 평온해지셨을까요?"

"그러기를 바라야죠."

"반지와 책을 돌려드려야 한다면, 언제든 말해주세요. 언제든 돌려드릴게요." 내가 소리치듯 말했다. "언제든. 언제든 가져가셔도 괜찮아요."

"음, 그럴 일은 없을 거예요." 조수석의 사람이 말했다. "그럼 저희는 이만 떠날게요. 긴 여정이었어요."

그리고 자동차는 출발했다. 뒷좌석에 누군가 한

명이 더 타고 있는 것 같았지만, 누구인지는 볼 수 없
었다.

자동차는 바닷가를 떠나 멀리멀리 사라졌다.

다음 날 요양원에 방문했을 때, 나는 혜란 언니
에게 전날 요양원을 방문한 자동차가 없다는 소식을 들
었다.

나는 말했다. "하지만 향자 할머니의 유품을 찾
으러 왔다고 했는데요. 유족의 부탁을 받고."

혜란 언니는 어깨를 으쓱하며 답했다. "향자 할
머니께는 동생이 하나 있었는데, 유품을 요양원에서 정
리해달라고 했어."

"그럼 제가 올라탄 차는 뭐였죠?" 나는 혜란 언
니에게 물었다.

"글쎄, 꿈을 꿨나 보지." 혜란 언니가 말하며 아
하하하 웃었다. "나는 정말 모르겠다."

내가 불안해져서 말했다. "어쩌면 그분들은 진
짜 마약상이었던 건지도 몰라요."

"모르는 사람들의 차에 올라타지 마." 혜란 언니
가 웃으며 조언했다. "그럼 난 이만 일하러 간다."

내가 무언가를 더 물으려고 했을 때, 혜란 언니는 이미 바삐 사라진 뒤였다.

그날 저녁, 나는 혜란 언니의 도움을 받아 요양원의 전화기로 향자 할머니의 동생에게 전화를 걸었다. "전화 잘 해." 그 말을 남기고 혜란 언니는 퇴근했다.

몇 번의 수신호가 길게 이어진 후에야 할머니의 동생은 전화를 받았다. 연로한 목소리였다. 나는 다급히 사정을 설명했다.

"가지세요." 할머니의 동생이 말했다. "누나에게 책을 읽어주던 사람이죠?"

"맞아요. 아, 그런데 그건 딱 한 번뿐이었어요……."

"누나가 얘기한 적 있어요. 가지세요."

"하지만 이 반지, 소중한 거 아니에요?"

"그렇겠죠, 요양원까지 챙겨 갔으면. 하지만 누나가 당신께 선물한 거잖아요. 그걸 가져도 되는지 저한테 허락받을 이유는 없어요."

"감사해요."

"나한테 감사할 일은 아니죠. 그럼 들어가세요."

그리고 전화는 끊겼다. 나는 책에 대해서 할

머니의 동생에게 묻지 않았다는 사실을 떠올렸지만 그
것 때문에 다시 전화를 걸고 싶지는 않았다.

그날 탄 자동차의 정체가 무엇이었는지를 상의
하기 위해 나는 백반집 남매를 만나러 갔다. 그러나 그
들은 외출 준비로 바빠 보였고, 의문의 자동차 이야기
를 꺼낼 틈은 없었다.

백과 반이 마을 바깥으로 외출을 할 예정이라
고, 혹시 따라오겠느냐고 물었다.

나는 좋다고 답했다. 그들이 어디로 가는지는
직감적으로 알고 있었다. 수목장림이었다. 아이는 바다
랑 숲 중에서 숲을 좋아했다고, 반이 알려주었다. 아
이가 살아생전 조카를 데리고 숲으로 글램핑을 떠난 적
이 있었다고 했다.

숲으로 가는 길, 양쪽으로 녹음이 짙었다. 울창
한 나무들이 오래도록 이어졌다. 차 안에는 백이 선곡
한 노래들이 흘러나오고 있었고, 그건 전부 리듬이 신
나면서도 어딘가 서글픈 분위기를 풍겼다. 백은 노래에
맞춰 콧노래를 흥얼거리고 손가락으로 핸들을 두드리
며 운전했다.

백의 아이는 자전거 사고로 죽었다. 둥그스름한 뒤통수 끝까지 오 대 오 가르마를 타고 양 갈래로 머리를 묶고 다니던 아이였다고 했다.

아이에 대해 이야기할 때 백은 언제나 가정법을 좋아했다.

내가 더 부자였더라면

더 좋은 자전거를 사주었겠지.

내가 아이에게 평소에 더 다정했더라면

아이는 일찍 집에 돌아왔겠지.

그날 아이가 일찍 집에 돌아왔더라면

우리는 함께 도시락을 싸고 소풍을 갔겠지.

햇빛 맑은 날 소풍을 갔더라면

새 떼가 날아가는 모습을 함께 보았겠지.

비가 쏟아지는 날 소풍을 갔더라면

우리는 흠뻑 비를 맞으며 깔깔 웃었겠지.

자동차 스피커에서 흘러나오는 노래에 맞춰 백은 계속 콧노래를 불렀다. 나는 창밖의 초록빛 세계와 백미러 속 백의 고요한 얼굴을 번갈아 바라보다 창문에 얼굴을 바짝 붙인 채 하늘을 올려다보았다. 백이 아이를 위한 노래를 손수 지어 부를 때, 누가 백을 위한 노래를 지어 불러주는 걸까?

"다른 노래 좀 듣자." 반이 말했다.

"싫어." 백이 날카롭게 받아쳤다.

"좋아. 그럼 꽃은 어디서 사 갈 거야?" 반이 한 수 접었다.

"꽃은 안 산다고 말했잖아." 백은 단호했다.

"왜? 그 앞에 꽃집 있잖아." 반이 물었다.

"그 꽃집 사장, 마음에 안 들어. 절대 그곳에서 꽃을 사지 않을 거야." 백이 단호하게 답했다.

"그러니까 왜?" 반이 물었다.

"나한테 유독 친절해. 네가 내 아이를 위한 꽃을 사야 한다고 굳이 입을 놀린 그날부터." 백이 반을 슬쩍 쳐다보며 말했다. "아주 촉촉한 눈빛으로, 무언가라도 해주고 싶단 듯이 나를 쳐다본다고."

"나는 그냥 조카가 좋아할 거 같은 꽃다발을 사고 싶은 마음에……"

들짐승이라도 나타난 것처럼 백이 급브레이크를 밟아 차를 세웠다. 나는 앞에 얼굴을 박을 뻔했다. 우리 차 뒤에 달려오는 차는 없었다. 백은 심호흡을 한 뒤 다시 차를 출발시키더니 갓길에 댄 다음 안전벨트를 풀고 차 문을 열고 나갔다. 나와 반은 침묵했다. 백은 수풀들을 우적우적 밟으며 안으로 들어가 길게 심호흡을 하기 시작했다. 나와 반은 차에 남아 백이 선곡한 노래들을 들었다.

엄숙해진 분위기를 깨며 먼저 말을 꺼낸 건 반이었다. "다음에는 내가 다른 곳에서 꽃을 사 와야겠어. 그러면 되지, 그치."

나는 아무 대답도 하지 않았다.

내가 창밖으로 백이 있는 곳을 바라보았을 때, 백의 몸통은 아주 자그마해져 있었다. 얼굴도 앳되어져 있었다. 백은 초등학생 같았다.

나는 반이 앉아 있는 조수석을 바라보았고, 반 역시 아주 작고 앳되어져 있다는 것을 알았다. 그러자 반이—조수석에 앉은 초등학생이—창문을 열고 한숨을 길게 내쉬었다.

백은—초등학생은—차로 돌아왔고, 곧장 꽃집으로 향했다.

어려진 백이 먼저 차 문을 열고 나가자 어려진 반도 따라나섰다. 나도 조용히 문을 열고 두 초등학생을 뒤따라갔다.

꽃집 안에는 갖가지 꽃들이 자아내는 진한 향이 가득했다.

"주세요. 저희 또 왔어요." 어려진 백이 말했다.

꽃집의 주인은 가게 안쪽으로 걸어 들어갔다. 그리고 꽃다발 하나를 들고 왔다.

그날 도착한 숲은 아름다웠다. 날씨가 아주 좋았다. 두 초등학생은 나무 앞에 꽃다발을 내려놓고 한참을 서 있었다.

"자전거 타는 법을 가르쳐준 걸 후회하지 마." 어려진 반이 정적을 깨고 말했다.

어려진 백은 무너져 내리는 얼굴로 흐느끼기 시작했다.

돌아오는 길에 백과 반은 음악도 틀지 않고 고요히 운전했다. 그들의 몸집에 비해 자동차가 너무 컸다.

"음악 듣고 싶어?" 그때 어려진 백이 물었다. 나는 아니요, 라고 답하려다 말았다.

"네, 듣고 싶어요. 언니가 좋아하는 걸로 틀어주세요."

백은 곧장 마을로 돌아가지 않고 오른편의 해안가를 따라 오래오래 드라이브를 시작했다. 노래가 차

안의 정적을 채웠다. 자동차가 도로를 달리는 동안 남매는 다시 조금씩 어른이 되어, 어느새 어엿한 성인의 모습으로 차 안에 타고 있었다.

반은 창밖으로 고개를 내밀고 바닷바람을 들이켰다. 한 번은 창문을 열고 백이 담배를 피웠다.

나는 뒷좌석의 창문을 열고 바닷바람을 맞으며, 향자 할머니의 목소리를 떠올렸다.

이 공터는 내 거야.

내가 하늘이랑 계약했거든.

그럼, 도장 꾹 찍고.

"돌아가면 서핑 연습을 하자. 도대체 너는 언제쯤 파도를 멋들어지게 탈 수 있을까?" 백이 나를 슬쩍 돌아보며—약간 웃으며—말했다.

"쟤는 평생 못 할 것 같아." 반이 나를 슬쩍 돌아보며—마찬가지로 약간 웃으며—말했다.

"왜요, 전에 한 번 오래 탄 적 있잖아요." 내가 반박했다.

"다 짤막짤막해. 너는 서퍼가 되려면 멀었어." 백이 핸들을 탁탁 치며 말했다.

반이 끄덕였다. "맞아. 쟤는 멀었지."

"기회를 주세요. 아직 배우는 중이잖아요." 나는 말했다.

향자 할머니의 침대가 정리되었다.

나는 공터에 갔고, 플라스틱 의자에 깊숙이 몸을 넣은 채 눈을 감고 파도 소리를 들었다.

내 의자가 돛단배라면 좋을 것이다. 무적의 돛단배. 파도를 타는 돛단배. 서퍼들의 보드보다 더 쌩쌩한 돛단배.

이 돛단배를 타고 파도 위를 넘실넘실 항해해야지. 그럼 그리운 사람들을 죄다 만날 수도 있겠지.

그러자 나는 바다 위였다. 파도는 잔잔했다. 고요한 몸짓으로, 파도가 나를 어딘가로 데려갔다.

나는 흥얼거리기 시작했다.

내 의자가 돛단배라면.

내 의자가 돛단배라면.

내 의자가 돛단배라면.

나는 할머니가 가르쳐준 화투의 룰을 떠올리기 위해 애썼다. 그러나 아무것도 기억나지 않았다.

화투를 한 장 한 장 내려놓던 할머니의 주름진

손만이 떠오를 뿐이었다.

"만약에," 백이 내게 서핑을 가르치다 말고 말하곤 했다. "만약에 갑자기 파도가 거세져서 보드를 놓칠 것 같으면 어떻게 할 거야?"

백은 종종 내가 자전거 타기를 처음 배우는 아이인 것처럼 굴었다. 그리고 나 역시 그런 아이처럼 굴었다. 비틀비틀 자전거를 타면서 불안한 얼굴로 뒤를 돌아보는 아이처럼, 나는 보드 위에 올라타려다 말고 백을 돌아보곤 했다.

"그럼 줄을 잡아야죠." 나는 대답했다. "그건 너무 기초 상식 아니에요?"

백이 말했다. "기초 상식은 언제나 중요한 거야."

언젠가 만약에 내가 바다에서 놀다가 세상을 뜨더라도, 백을 원망할 일은 없을 것이다. 그러나 백은 가정법으로만 노래하기 때문에—슬픔에 빠진 사람은 언제나 과거에 대한 시뮬레이션을 돌리기 때문에—내 뒤에서 몰려오는 파도의 리듬에 맞춰 보드를 힘껏 밀어주었던 그 하루들에 대해 수도 없이 다시 생각할 것이다.

땡볕 밑에서 모래를 밟으며 줄을 붙잡고 보드를

질질 끌어 걸어갈 때, 백은 항상 생각에 잠긴 것처럼 말을 하지 않았다. 무언가를 지시할 때가 아니면 백은 둘 중 하나였다. 날카롭거나, 고요하거나.

그건 또 하나의 수업이었다: 슬픔은 전문성과 세련됨을 박탈한다. 그러나 (어떤) 사람들은 전문적이고 세련된 슬픔만을 환대한다.

서핑 연습이 끝나고, 시원한 바닷물에서 빠져나와 보드를 해변까지 끌고 온 다음 뒤돌아 바다를 바라보면, 그 모든 세상이 석양에 물들어 있곤 했다. 황금색으로 빛나던 태양을 둘러싸고 주홍빛 하늘이 바닷가로 줄줄 흘러내렸다.

얼마나 오랫동안 바닷가에 있었는지 두 손이 쪼글쪼글했다. 잠깐이었지만, 어쩌면 나는 이제 모든 슬픔을 감당할 수 있을지도 모른다는 생각이 들었다. 그 어떤 일이 있더라도 책에 밑줄을 그었던 할머니처럼.

그날은 온몸이 기진맥진한 날이었고, 나는 모래사장에 보드를 던지고 옆에―버석버석한 모래 위에―누웠다. 바다를 향한 채, 해안가와 평행을 이루며.

저 멀리 다가오는 파도와 드넓은 바다가 보였다.

이 공터는 내 거야.

내가 하늘이랑 계약했거든.

그럼, 도장 꾹 찍고.

그때였다. 하늘에서 거대한 존재가 절을 하듯이 두 손을 바다에 댄 채 엎드려 고개를 돌렸다. 어마어마하게 거대한 존재였다. 나는 볼품없이 작았다. 손톱만큼 작았다. 모래만큼 작았다. 신의 앞에서, 나는 초등학생보다도 작았고 어렸으며 슬픔에 속수무책이었다.

그리고 그건 신성한 일이 아니었다. 아름다운 일도 아니었다. 그건 단순한 일이고, 무심한 일이며, 초라한 일이었다.

나는 묻고 싶었다.

종종 굽어살피시는지.

이곳을, 이 어둑한 곳을.

그러나 거대한 존재는 내 슬픔을 주워주지 않는다. 거둬 가주지도 않는다. 보살펴주지도 않는다. 슬픔은 전적으로 내 몫이다.

"자, 일어나. 보드 정리해야지. 천막으로 가자."
백이 말했다.

이제 내 몸보다 커다란 보드를 끌 시간이었다. 생의 무게를 끌 시간이었다.

나는 자리에서 일어나며 말했다. "잠시만요. 모 래를 좀 털고 올게요."

"그러게 왜 누웠어." 반이 말했다.

"어서 바다에 몸을 담그고 와." 백이 말했다.

나는 다시 바닷속으로 성큼성큼 걸어갔다. 저 멀리서 새들이 날아가는 모습이 보였다.

나는 마음속으로 어떤 노래를 흥얼거리며 푸른 물에 몸을 담갔다—축축하게 들러붙어 있던 모래들을 풀어내면서.

새파란 바다가 나를 감싸안아줬다. 눈을 뜨자 일렁이는 해초들이 보였다. 초록빛 해초들. 춤추는 생 명들.

잠시 후 나는 다시 방향을 돌려 얕은 곳으로 헤 엄쳤고, 바다에서 빠져나와 모래 위를 걸으며 보드와 연결된 줄을 쥐었다.

그리고 순례를 시작했다.

빗금의 논리

지애는 콧노래를 불렀다—새를 부르듯이.

그러나 아무도 찾아오지 않는다.

지애는 산 중턱에, 드높은 절벽에 앉아 있었다. 다리를 바깥으로 내민 채. 고독과 불안에 떨며. 콧노래를 부르며.

불어난 슬픔을 달래기 위해서.

휘이 휘이 흘려보내기 위해서.

산 위에 오르면, 저 멀리 바다가 보이는 것이 좋았다. 바위를 향해 철썩철썩 몰려오는 파도를 보는 것도.

아이를 사고로 잃고 난 후 지애는 남편과 이혼했

고, 고향으로 돌아와 백반집을 열었다. 열심히 일만 하며 살아왔기 때문에 모아둔 돈이 있었다. 작은 시골 마을에서 가게를 차리는 것은 큰돈을 요하지 않았다.

　　어린 시절의 일이었다.

　　바람이 거세게 불고, 손에 쥔 얼레가 빠르게 돌아가기 시작할 때, 지애의 동생 지환은 누구보다 신나서 공터를 달리곤 했다. 산으로 둘러싸인 드넓은 공터였다.

　　"넘어지지 않게 조심해." 어리지만 누나였던 지애가 그렇게 말을 해도, 지환은 세상 끝까지 달려 나가기라도 하고 싶은 듯이 멀찍이 뛰어갔다.

　　사실은 달리고 싶었던 건 지애도 마찬가지였다. 숨이 차고 다리가 저리고 심장이 터지도록 달리고 싶었던 건 지애도 마찬가지였다. 그러나 지애는 신의 지령이라도 받은 사람처럼 정해진 장소에 고요히 서서, 자신의 얼레가 빠르게 돌아가는 것을, 연이 휘청휘청 하늘에서 흔들리는 것을, 지환이 넘어질 듯 넘어지지 않으며 계속해서 달려가는 것을 바라보았을 뿐이었다.

　　그러다 바람이 잦아들면, 지환이 연을 끌고 돌

아왔다. 기묘한 모양의 깃발을 끌고 오듯이 지환이 돌아왔다. 탄탄한 기둥 대신 가느다랗고 길쭉한 실로 연결된, 마름모 모양의 연을 끌고 오면서, 그러니까 바닥에 질질 끌고 오는 것이 아니라 하늘에 드높게 띄운 채 자유로이 끌고 오면서, 지환은 환히 웃었다.

"우리 재미있는 놀이 하자." 어린 지애가 말했다.

놀이의 규칙은 간단했다. 하늘 높이 띄워놓은 연과 얼레를 연결하는 선을, 한 마리의 새가 관통해 지나갈 때까지 기다리는 것이었다. 그러니까, 새가 정확히 실을 건드리기를 바라는 것이 아니라—그러면 새가 큰 위험에 처할 것이다—저 먼 곳에서 실이 있는 곳을 지나침으로써 실을 그대로 통과하는 듯한 착시 효과를 일으킬 때까지 기다리는 것.

어린 지환은, 왜 그런 놀이를 하느냐고 묻지 않았다. 그저 누나의 말에 신이 나서 "그거 재밌겠는데"라고 말할 뿐이었다.

놀이를 위한 연은 지애의 것으로 하기로 결정했다. 지환은 얼레를 돌리면서 자신의 연을 정리했다. 지환의 연이 아쉬워할 일은 없을 것이다. 널찍한 공터를 휘휘 돌면서—아주 잠깐에 불과했더라도—그 땅을 점

령한 자의 깃발처럼 굴었으므로.

새는 금방 찾아왔다. 하나, 둘, 셋. 지애가 외쳤
다. 셋 하고 한 번, 두 번 숨을 들이마셨을 때 새가 실을,
가느다랗고 길쭉한 그 선을 통과해 지나갔다. 차원 하
나를 건너듯이.

지환이 환호성을 질렀다.

지애는 환호성을 지르는 대신 조용히 얼레를 붙
잡고 있던 손에 힘을 풀었다. 그러자 연이 더 높은 곳으
로 날아갔다. 마치 새에 의해 실이 끊어지고, 연이 하늘
을 향해 자유롭게 자유롭게 날아가듯이.

종종, 지애와 지환은 어부였던 그들의 아버지를
따라 배에 올라탔다. 오래되고 자그마한 배였지만, 지
애와 지환은 그들이 배에 타고 있다는 사실이 놀라울
만큼 기뻤다.

아버지가 그물을 던지고 다시 건져올 때, 지애
는 금방이라도 몸을 던질 듯이 배 끝에 기댄 채 바닷물
을 바라보곤 했다.

"누나, 조심해." 지환이 지애의 옷자락을 잡아끌
며 말했다.

지환이 엇나가기 시작한 것은 아버지가 돌아오

지 않은 날부터였다. 유난히 파도가 거친 날이었다.

지애와 지환의 어머니는 어린 남매를 앉혀두고
바닥에 보이지 않는 선을 하나 길쭉하게 그렸다.

손가락으로 바닥을 쓸어내며, 기다랗게.

하나의 빗금을.

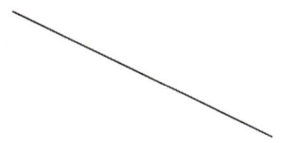

어머니는 바닥을 손바닥으로 가볍게 두드리며
말했다. "자, 이건 바다야."

그리고 어머니는 허공에서 주먹을 쥐었다가 풀
었다가, 쥐었다가 풀면서 말했다. "자, 이건 파도야."

어머니는 잠시 침묵을 지킨 끝에, 손으로 눈을
가리면서 말했다. "자, 너희도 이렇게 해보아라."

어린 남매는 어머니의 지시대로 했다. 작은 손
의 틈새로 어머니의 모습이 보였다.

"아까 그 선이 어디 있었는지 알겠어?" 어머니
가 물었다.

어린 남매는 대답하지 못했다.

"방금 아버지가 그 선을 건너갔다." 어머니가 말했다. "그렇게 떠나간 거야."

그것은 신을 흉내 내는 놀이 같다고, 지애는 남몰래 상상했다. 그렇게 높은 위치에서 아버지가 항해한 바다를 내려다볼 수 있는 건 신 밖에 없을 테니까.

신을 흉내 내는 놀이, 그 불경하고 쓸쓸한 행위는 지애를 어느 정도 구원했다. 어린 지애는 종종 홀로 산을 올랐고, 드넓은 바다가 보이는 절벽에 앉아 시간을 보내곤 했다. 그곳에서 어린 지애는 콧노래를 부르며 허공에 선을 하나 그었다. 보이지 않는 그 선을 경계로 이곳과 저곳이 나누어졌다.

지애의 생각에, 그 선의 위치는 매일 매 순간 바뀌는 것 같았다. 선의 정확한 위치를 측정할 수 있는 사람은 이 세상에 아무도 없다. 그건 신조차 힘들다.

그러나 지애와 달리 지환은 당장 눈에 보이지 않는 것에 크게 흥미를 느끼는 편이 아니었다. 지환은 아주 어릴 때부터 단순하고 정확한 것을 좋아했다. 아버지의 죽음은 아버지의 죽음이었고, 그게 다였다.

지환은 학교에 갔다가 상처투성이가 되어 돌아오기 일쑤였다. 자신을 동정한 아이와 한바탕 싸움을 했다는 이야기를 들었을 때, 지애는 지환의 얼굴에 약을 발라주며 말했다. "어땠어? 네가 싸움에서 이겼어?"

"응."

"반쯤 죽여놨어?" 지애가 물었다.

"응."

"잘했어."

어쩌면 약을 발라주면서 했던 그 말이 큰 실수였는지도 모른다고 지애는 이후에 생각했지만, 그때는 이미 모든 것이 늦은 뒤였다.

지애와 지환이 고등학생이 된 후, 새벽까지 지환이 돌아오지 않은 날이 있었다. 지애는 경찰의 전화를 받았다.

일을 나간 어머니 대신 지애가 경찰서에 도착했을 때, 얼굴과 온몸 이곳저곳에 피가 묻은 지환이 있었다. 지애는 고개를 돌려 지환과 함께 경찰서에 찾아온 다른 소년을 바라보았다. 지환의 맞은편에 앉아 있던 그 소년의 몰골도 대단했다. 지애는 다시 고개를 돌려 지환에게 다가간 다음 물었다. "누가 먼저 주먹을 날렸어?"

지환은 망설임 없이 대답했다. "나."

지환의 얼굴에 피가 묻어 있지만 않았더라면 지애는 지환의 뺨을 후려쳤을 것이다. 지애는 인상을 쓰며 동생을 바라보았다.

지환은 지애의 시선을 피해 눈을 돌렸다.

"제가 불쌍한 새끼라고 했어요." 맞은편의 소년이 지애에게 말했다. "제가 당신들을 불쌍한 새끼들이라고 했다고요."

지애는 그 소년을 돌아본 다음 웃으며 말했다. "너도 충분히 불쌍해 보이는데."

그러자 맞은편의 소년이 씩 웃어 보이며—치아에 핏물이 가득했다—대답했다. "그거 감사하네요."

지애는 고개를 돌려 경찰서 구석에 앉아 있던, 지환과 같은 학교의 교복을 입은 여자애를 바라보며 물었다. "그런데 너는 여기 왜 있는 거야?"

"제가 둘을 신고했거든요." 혜란이 답했다.

지애는 지환에게 혜란이 누구인지도, 어쩌다 이 일에 연루된 건지도, 서로 어떤 사이인지도 묻지 않았다.

지환이 입원한 병실에 혜란이 종종 들러 꽃을 두고 간다는 것을 눈치챘을 때에도, 지애는 아무것도 묻지 않았다. 그러나 이 말은 했다. "너, 그 여자애한테 함부로 대하면 내 손에 죽을 줄 알아."

지애의 말에, 병실 침대에 누워 있던 지환이 헛웃음을 지었다.

지애는 진지하게 덧붙였다. "쪼개지 마. 진짜로 죽여버릴 거야."

사실 지애는 혜란을 어렴풋이 알고 있었다. 아주 어렸을 때 마을에서 혜란을 마주친 적이 있다는 사실을 기억하기 때문이다.

혜란은 파수꾼 같은 여자애였다. 항상 짧게 친 머리에 너저분한 차림을 하고, 해안가에서 돌아오는 배들을 바라보며 멀뚱히 서 있었다. 지애와 지환이 아버지의 배를 타고 해안가로 돌아올 때에도, 혜란은 그곳에 서서 돌아오는 배를 바라보고 있었다.

처음에 지애는 혜란이 작은 기둥이라고 생각했다. 그러나 곧 그것이 살아 움직이는 한 명의 아이임을 알아차렸다, 지환과 또래로 보이는.

"아버지, 저기 여자애가 있어요." 지애가 아버지에게 말했을 때, 아버지는 별 대수롭지 않은 이야기를 한다는 듯이 그 여자애가 마을 할머니의 손녀라고 말했다.

그것이 그들의 첫 만남이었다.

퇴원한 뒤 지환은 가출했다.

지애는 수소문 끝에 혜란의 교실을 알아냈다—
어차피 학교에서 혜란의 존재를 모르는 학생이 없었다.
지애는 교실에 있던 아이 하나를 붙잡고 혜란이 어디
있는지 물었다.

"학교에 잘 나오지 않아서 모르겠는데요." 붙잡
힌 아이가 말했다.

"그럼 그 애가 학교에 오면 나한테 전화해줘."
지애가 말했다.

그로부터 며칠 후, 혜란이 학교에 왔다.

그 당시 혜란이 할머니와 단둘이 살고 있다는
것 그리고 돈을 벌기 위해 이런저런 아르바이트를 하느
라 학교에 많이 나오지 못했다는 사실을 알게 된 건 그
로부터 아주 나중의 일이었다. 어쨌든 지애는 혜란이
왜 학교에 잘 오지 않는지 같은 것은 관심 없었다. 지환
의 행방이 궁금했을 뿐이었다.

지애는 혜란의 교실에 들어가 다짜고짜 혜란을
끌고 나왔다. 그리고 아이들이 몇 없는 곳으로, 별관의
조용한 복도로 이동했다.

지환의 행방을 묻는 지애의 질문에 혜란은 대답

했다. "모르겠는데요."

지애는 인상을 쓰며 간청했다. "제발. 알고 있으면 알고 있다고 솔직하게 대답해줘."

"전 정말로 몰라요. 그리고 걔, 저한테 돈을 빌려놓고 갚지도 않았어요."

"얼마를 빌렸는데?"

"오십이요."

며칠 후 지애와 혜란은 학교 근처의 분식집에서 만났다. 떡볶이 이 인분과 순대 일 인분을 시킨 후 지애는 현금 오십만 원을 혜란에게 주었다. 혜란에게 계좌가 없었기 때문이다.

그러자 혜란은 그중 이십만 원을 지애에게 돌려주었다.

"뭐야?"

"사실 이십만 원 빌렸어요. 그러니 이건 가져가세요."

"그럼 십만 원은?"

"연체료."

지애는 헛웃음을 지으며 말했다. "너, 내 동생이랑 좀 닮았구나."

"그건 모욕 아닌가요?" 그렇게 말하고 혜란은 물끄러미 지애를 쳐다보더니, 젓가락을 들어 떡볶이를 휘적거리기 시작했다.

"왜 그렇게 서 있었던 거야?" 지애는 혜란에게 물었다. "부둣가에 항상 파수꾼처럼 서 있었잖아."

그 말에 혜란은 웃었다. "파수꾼이라고요?"

"무슨 경계병처럼."

혜란은 웃으며 말했다. "그냥 사람들이 떠났다가 돌아왔다가, 다시 떠나는 것을 보는 일이 재밌었어요."

지환이 돌아온 것은 그로부터 일 년이란 시간이 지난 후, 지환의 생일 때였다. 지애는 지환의 뺨을 때렸다. 지환은 군말 없이 맞았다.

"어디 다녀왔어?" 지애가 물었다.

"배를 탔어. 인적 드문 섬에 혼자 머물다가 왔어."

지애는 한 번 더 지환의 뺨을 때렸다.

다음 날 지애는 동네 베이커리에서 초코케이크를 샀다. 초코케이크를 가지고 가는 동안 지환이 다시 집을 떠났을지도 모른다고 생각했지만, 그런 일은 없었다. 지환은 어머니가 끓여준 미역국을 먹고 있었다. 어머니는 별다른 말을 하지 않았다. 지환을 책망하지도

미워하지도 않았다. 지애는 지환이 미웠다. 어쨌든 초
코케이크를 밥상에 올려두었다.

도시에 있는 대학교에 합격하자마자 지애는 짐
을 싸서 집을 나왔다. 그리고 지환의 전화를 결코 받지
않았다. 어머니의 전화는 받았다.

한번은 지환이 어머니의 번호로 지애에게 전화
를 걸었다.

"누나."

지애는 전화를 끊으려고 했다.

마음속을 읽은 것처럼 휴대폰 너머 지환의 목소
리가 말했다. "끊지 마."

지애가 곤두선 목소리로 물었다. "왜 전화했어?
돈 빌려달라고 하게? 아니면 또 혜란이한테 돈이라도
빌렸어?"

"그럴 리가. 염치도 없지."

"무슨 용건이야?"

"엄마가 아파. 집에 한번 내려와."

그건 사실이었다.

오랜만에 고향으로 돌아온 지애에게, 어머니가
그동안 숨겨두었던 약 봉투들을 보여준 것은 지환이었

다. 부스럭거리는 비닐을 매만지며 지환이 고해성사를 하듯이 말했다. "내가 오토바이를 타다가 과속을 해서 사고를 냈었어. 그 뒤처리를 어머니 돈으로 했고. 누나 가 집을 떠난 후였어."

지애는 침묵했다.

지환은 무언가를 변명하듯이 말했다. "배달을 하려고 탔던 거야. 이제는 물류 창고에서 일해."

투병은 길지 않았다. 아직 중년의 나이임을 감 안하면 병의 악화가 가혹한 편이었다. 병을 일찍 알았 더라면 호전되었을 수도 있었을 것이다. 그러나 어머니 는 자신 역시 아플 수 있는 존재임을 잊고 살았던 것 같 았다.

어머니의 장례식에서 지환은 온몸을 옹송그리 고 아기처럼 울었다.

지애는 자기 자신에 대한 염오감과 지독한 피로 함 때문에 울지 못했다.

혜란은 검은 옷을 입고 장례식에 찾아왔다. 혜 란이 눈인사를 전한 것은 지환이 아니라 지애였다.

지애는 어머니를 그 무엇보다도 사랑했다. 그러 므로 자신의 무심함에 스스로 놀랐다. 어머니가 그렇게 몸이 아플 때까지 더 많이 찾아뵙지도, 건강을 염려해주지 않았던 것도 모두 자신의 무심함 탓이라고 지애는 생각했다.

어머니의 장례가 끝나고 지애와 지환 모두 마을을 떠났다. 둘 다 먼 도시에서 일을 구했다.

지애는 회사 동료의 소개를 통해 남자를 만나 결혼을 했다. 그리고 아이를 낳았다. 사랑 없는 결혼은 아니었다. 둘은 여름마다 바다에 가서 함께 서핑을 즐기기도 했다. 아이가 생기기 전에는 발리에 며칠 동안 함께 묵으며 현지의 선생에게 서핑 강습을 받기도 했다. 아이가 태어나서도 둘의 사이는 원만했다.

아주 어릴 때부터 지애는 거대한 배를 타고 망망대해를 떠도는 꿈을 꾸곤 했다.

그 꿈을 꿀 때면 그리운 사람을 만났다. 처음에 그 사람은 아버지였다. 그다음에 그 사람은 어머니였다.

그들 역시 푸른 바다 위에서 배를 타고 있었다. 평온한 얼굴로. 지애를 돌아보지 않으며. 꿈에서 깨어나면 지애의 온 얼굴이 눈물로 축축했다. 그 꿈을 꿀 때만큼은 지애도 울 수 있었다.

딸아이가 자전거를 타다 사고를 당해 세상을 떠난 후, 지애는 아이에게 자전거 타기를 가르쳐주던 공원으로 혼자 산책을 나가곤 했다.

어떤 삶은 그렇다. 혹은, 삶의 어떤 시절은 그렇다. 불행이 도미노처럼 쏟아진다. 지애는 산책을 하며 생각했다: 아이의 자전거를 밀어주면서 내가 말했었는데. 괜찮아, 너를 믿고 자전거를 믿어. 너는 훨훨 나아갈 거야, 라고. 그 말을 하지 않았어야 했다고 지애는 생각했다. 아이를 잃은 부모는 자신의 모든 말, 행동, 생각에 대해 죄책감을 가진다. 지애도 그러했다. 지애는 자신의 존재가 아이를 죽음으로 몰아넣은 것만 같았다.

어쩌면 자신의 무심함 때문에 벌을 받은 건지도 모른다고 지애는 생각했다. 모든 일을 건조하게 대하던 태도가 지독한 형벌을 불러온 거라고. 절망과 슬픔을 외면했던 시절의 대가를 치르게 된 거라고.

남편과 이혼을 원했던 것은 지애였다.

"당신의 모든 것이 그 아이를 연상시켜." 지애가 말했다.

고향으로 돌아온 지애는 서핑에 몰두했다. 백반

집은 대체로 한적했고, 서평을 할 시간은 차고 넘쳤다. 처음 몇 달은 고전했다.

어느 날 혜란이 차를 끌고 지애를 만나러 왔다. "오늘 저녁에 비가 온다고 하니까 우산 챙겨요. 좋은 곳으로 드라이브 가요." 혜란이 말했다.

지애는 작은 우산을 챙기고 순순히 조수석에 올라탔다. 그리고 우산을 뒷좌석에 던졌다. 혜란은 차를 몰고 해안가를 달리기 시작했다.

"이곳도 많이 변했죠?" 혜란이 물었다.

"응." 지애가 대답했다. "너는 계속 이곳에서 지낸 모양이네."

"아니에요. 한 번 떠났다가 돌아왔어요. 도시에서 일을 구했거든요. 요양병원에서 일했죠."

"왜 돌아왔어?"

"이 마을이 좋았으니까요. 일할 곳도 있었고. 할머니도 보고 싶었고."

"부모님은?"

"안 친해요. 데면데면해요."

"그렇구나."

"언니, 저 담배 피워도 돼요?" 혜란이 한 손으로

버튼을 눌러 운전석 쪽 창문을 열며 말했다.

"그럼." 지애가 대답했다. "내 쪽 창문도 열어줘."

조수석 창문이 열렸다.

지애가 창밖을 보며 물었다. "그래, 좋아. 그럼 일단 우리는 지금 어디로 가는 거지?"

차는 해안가를 달리고 있었다. 지애가 앉은 쪽으로 바다가 끝없이 펼쳐졌다. 날이 좋았고, 바다는 투명하고 맑았다. 하늘도 푸르렀다. 새들이 날아갔고, 다시는 돌아오지 않았다.

"어디로 가고 싶으세요?" 혜란이 물었다.

"아무 데나."

"더 재미있게 대답해줘요."

"그럼 근사한 곳. 근사한 곳으로 데려가줘."

"좋은 곳을 알죠. 그런데 좀 오래 달려야 해요. 이 근방에는 멋진 카페가 없거든요."

"좋아. 가자. 노래도 좀 틀어줘."

"언니 휴대폰에 블루투스 연결해드릴게요. 틀어봐요."

잠시 후 차 안에 노래가 흘러나왔다. 즐거우면서도 어딘가 우울한 노래였다. 지애는 반복 재생 버튼을 누르며 물었다. "할머니는 언제 돌아가셨어?"

"얼마 안 됐어요." 혜란이 잠시 입을 다물었다가 말을 이어나갔다. "할머니가 돌아가셨을 때 죄책감을 느꼈어요. 아주 심하게. 그 정도면 호상이었는데도."

"네가 왜 죄책감을 느껴?" 지애가 물었다.

"대단한 망나니였으니까요." 혜란이 담배꽁초를 창밖으로 집어 던지며 말했다.

지애와 혜란은 침묵에 잠겼다. 오랜 시간 자동차 안에는 같은 노랫소리만이 재생되었다.

지애는 조수석 창문을 통해 바다를 바라보았다. 참 예뻤다. 종종 지애는 마을이 아니라 바다가 자신의 고향 같다고 생각했다. 마을에 돌아온 후에도 여전히 어딘가로 돌아가야만 한다는 기분을 느꼈던 것은 그 때문이었다. 지애는 서핑을 할 때야말로 드디어 고향에 돌아온 것 같다고 느꼈다.

바다는 편안했으며 늘 새로웠다. 친밀했으며 늘 낯설었다. 어쩌면 그 어떤 것보다 낯설게 느껴지기도 했다. 고향이 그렇듯이.

정적을 깨며 혜란이 지애에게 물었다. "언니도 죄책감에 시달리세요?"

"그럼."

둘은 다시 침묵에 잠겼다.

문득 지애가 혜란에게 말했다. "너, 그렇게 담배 꽁초 버리지 마."

"꼭 누가 시킨 것처럼 말씀하시네요." 혜란이 웃으며 답했다. "걱정 마요. 출근 전에는 안 피워요."

"그거랑 이거랑 무슨 상관이지?"

"저에게도 선한 면이 있다는 뜻이죠."

사람들은 지환이 철부지 같은 아이라고 말하곤 했다. 위풍당당 모험가 같은 아이라고. 그야 연을 깃발처럼 세우고 뛰어 놀기를 좋아했으니까.

그러나 정작 하늘 높이 떠 있는 연을 바라보며 넋이라도 잃은 듯한 표정을 짓던 것은 지애였다.

하늘에서 날아다니던 연은 지애의 눈에 마름모였다가 사각형이었다가, 마름모였다가 사각형이었다가, 마름모가 되길 반복했다.

지애의 연은 아무 그림도 그려지지 않은 흰 연이었다. 지애가 직접 만든 연이었다. 바람이 고요한 날 지애의 눈에는 하얀 연이 하늘의 깨진 자국처럼 보였다. 그 틈에서부터 한 줄기 빛이 새어 나오고 있었다. 지애가 쥐고 있던 얼레까지 빛이 죽 이어졌다.

어린 지환이 이제 재미가 없다며 연날리기를 그만두었을 때에도—그리고 마을 아이들과 서핑을 하러 다니기 시작했을 때에도—지애는 혼자 공터에 가서 연을 띄워 올리곤 했다.

그러니까 어머니의 말에 따라 아버지가 저편으로 건너갔을 때에도 지애는 혼자 연을 날렸다. 금방이라도 붕 떠올라 하늘로 날아갈 듯이. 그러고만 싶다는 듯이. 지애는 하늘의 깨진 자리에 시선을 고정한 채 얼레를 쥐었다. 지애가 실을 감으면 저편의 세계가 가까워졌고 지애가 실을 풀면 저편의 세계가 멀어졌다. 저 너머, 저편의 세계는 하늘의 깨진 자리로만 갈 수 있는 것은 아니었다. 실을 통과하는 방식으로도 갈 수 있었다.

지애는 나이가 먹어서도 연을 날렸다. 평생 동안 연을 날렸던 것은 아니었다. 어느 순간 연날리기를 그만두었다가—그즈음 지애도 서핑을 시작했다—어느 순간 다시 연의 세계로 돌아갔다. 그리고 다시 새들이 실을 통과하기를 기다렸다.

그러니까 어머니가 건너갔을 때에도

아이가 건너갔을 때에도

지애는 연을 날렸다.

자유로워진 거야, 지애는 생각했다.

그들은 자유로워진 거야.

지애는 종종 자신이 신을 흉내 내는 놀이를 하고 있다고 생각하며 혼자 웃었다. 얼레는 저편의 세계로 가는 문들을 이동시킬 수 있는 리모컨 같은 것. 지애가 얼레를 쥐고 한 발짝 움직일 때마다 실이 움직였고, 연이 움직였고, 세상이 움직였다. 그럴 때마다 지애는 콧노래를 불렀다. 어린 지애도 그랬고, 더 이상 어리지 않게 된 지애도 그랬다.

어린 지애가 홀로 서서 하늘에 실을 달아놓고 콧노래를 부르는 모습을 몰래 훔쳐보던 이가 있었다.

그건 혜란이었다.

혜란은 지애와 지환이 함께 연을 날릴 때에도, 그리고 지애가 혼자서 연을 날릴 때에도 공터의 끝에 있던 나무 뒤에 서서 그들을 구경하곤 했다. 지환이 연 날리기를 그만두고 자리를 비울 때는 그 빈자리가 자신의 것이 될 수 있을지도 모른다는 생각을 하며.

혜란을 키운 것은 할머니였다. 그리고 고양이 한 마리였다.

고양이를 주워 온 것은 할머니였다. 당시 할머니의 친구들은 고양이를 집에 들이는 것을 의아하게 여겼지만 할머니는 고양이를 예뻐했다. 그날 이후로, 혜란은 슬플 때나 기쁠 때나 고양이와 함께했다.

고양이는 혜란이 초등학교에 들어갈 무렵 세상을 떠났다. 할머니는 혜란이 잠들어 있을 때 고양이를 뒷산 어딘가에 묻어주었고, 잠에서 깨어난 혜란에게 고양이가 바다를 건너 떠났다고 말했다. 그때부터 혜란은 바닷가를 혼자 돌아다니며 길고양이들에게 밥을 주기 시작했다. 또 떠나보내는 것이 무서워서—어린 나이였음에도 깊은 두려움을 느꼈다—집에 들일 생각은 하지 못했다. 종종 부둣가로 들어오는 배들을 구경하며, 혜란은 꿈에서라도 고양이를 다시 만날 수 있기를 빌었다.

돌아오는 배를 바라볼 때면 멍하니 넋을 놓게 될 때도 있었다. 사람들이 홀가분하게 돌아오는 모습을 보는 것이 좋았다. 종종 배 안에 고양이가 타고 있는 상상도 했다. 상상 속에서 그 고양이는 혜란의 고양이였다가, 처음 만난 낯선 고양이가 되곤 했다.

지애와 지환의 아버지 역시 배를 타고 떠나버렸다는 사실을 알게 된 것은 그로부터 몇 주 후였다. 할머니가 친구와 이야기를 하던 것을, 방 안에서 혼자 책을 읽던 혜란이 엿들었던 것이다. 그날 읽었던 책의 내용을 혜란은 다시는 복기하지 못했다. 그건 사랑에 대한 이야기였을 수도, 새에 대한 이야기였을 수도, 앳된 절망에 대한 이야기였을 수도, 외로움에 대한 이야기였을 수도 있다. 분명히 기억나는 것은 단어 하나였다.

희구하다.

어린 혜란은 그 단어가 무엇인지 알지 못했고, 그래서 사탕 하나를 오물거리듯이 입안에 두고두고 보관하며 그 낯선 말을 곱씹었다.

할머니의 친구가 말했다. "파도가 거셌던 모양이야."

할머니가 말했다. "그거 안 됐네."

그 이야기를 엿들으며, 혜란은 지애의 아버지가 어디로 갔는지를 알면 고양이가 떠난 곳에 대한 비밀 역시 알게 될지 모른다고 생각했다.

"아이들은 요즘 어떻게 지내는가?" 할머니가 물었다.

"글쎄, 애들이 뭘 알겠어? 마냥 천진하지." 할머니의 친구가 답했다.

"무슨 소리. 애들은 다 알아. 애들이 제일 예리해." 할머니가 말했다.

"그러지 않았으면 하는 거지, 나는." 할머니의 친구가 말했다.

혜란은 책에 집중하기 위해 억지로 노력하며, 이해할 수 없는 단어를 여러 번 읽고 있었다.

회구하다.

회구하다.

회구하다.

혜란은 지애가 책에 나오는 모든 어려운 단어의 뜻과 고양이가 떠난 곳과 세상의 모든 비밀을 설명해줄 수 있는 사람인지도 모른다고 생각했다. 왜냐하면, 지애는 아버지가 떠난 후에도 언제나 건조하고 담담한 얼굴로 연을 날리러 공터에 왔기 때문이다. 지환이 휘청휘청 생을 걸어갈 때에도, 지애는 우뚝 서서 연을 날렸다. 그것이 지애만의 휘청거리는 방식이라는 것을 어린 혜란은 알지 못했다.

혜란이 엇나가기 시작한 것은 중학생 때 놀림을

받은 후부터였다. 혜란은 자신의 고양이가 바다를 건너 떠났다고, 그것을 할머니가 가르쳐주었다고 같은 반 아이들에게 말했다. 아이들은 천진했고 그만큼 못된 구석이 있었다. 그들은 혜란이 할머니 밑에서 자라나 정신이 이상하다고 떠들었다. 혜란은 악착같이 자신을 가꾸기 시작했고 다소 날이 서고 세련된 말투를 구사하기 위해 노력했다. 수더분하고 상냥하게 말을 할 때보다 어딘가 불만스러운 모습으로 이야기할 때 혜란은 더 많은 친구를 사귈 수 있었다.

혜란과 지환이 말을 섞게 된 것은 같은 고등학교의 옆 반 친구로 만난 후부터였다. 그들은 종종 수업을 함께 빼먹고, 담벼락을 넘고, 공터로 갔다. 그들은 서로를 아끼면서도 매일 서로에게 시비를 걸었다.

혜란은 어린 시절의 지환을 어렴풋이 기억하고 있었다. 당연히 지애도 기억했다. 어부였던 아버지를 따라 배를 타고 돌아오던 그들의 모습을 생각하며, 혜란은 교복을 입고 담배를 물었다. 그러면 옆에서 지환이 불을 붙여주었다.

"너희 누나도 담배 펴?" 혜란이 지환에게 물었다.

"아니. 그런 건 왜 물어?" 지환이 자신의 담배에

불을 붙이며 말했다.

"그냥."

지환이 경찰서 신세를 진 후 병원에 입원했을 때에도 혜란은 꽃을 들고 병문안을 갔다. 그리고 지애 이야기를 했다. "너는 왜 이렇게 네 누나랑 다른 거야?"

지환은 창문을 바라보며 헛웃음을 짓더니 지친 목소리로 말했다. "그러게. 꽃이나 두고 가. 누나가 곧 올 거야."

"그렇지만 네가 네 누나랑 닮았다면 나랑 놀지 않았을 것 같아."

"그랬겠지. 닮은 건 너랑 나지."

"끔찍한 소리 하지 마. 내가 너보다 훨씬 낫지."

"그래. 얼른 가."

"네 누나를 닮으려고 노력해볼 생각은 없어? 너는 매사 민폐를 끼치잖아."

혜란의 질문에 지환은 고개를 돌려 혜란을 바라보았다. 여전히 헛웃음을 짓는 것 같은 얼굴로. 무언가를 조소하는 얼굴로.

지환이 혜란에게 물었다. "너는? 네 할머니를 그렇게 고생시키는 이유가 뭐야?"

혜란은 헛웃음을 지으며—무언가를 조소하는 듯한 얼굴을 하며—지친 목소리로 답했다. "그러게. 나도 모르겠어."

지애와 혜란은 카페에서 많은 대화를 나누지 않았다. 풍경이 근사하네, 바다가 참 푸르다, 그런 인사말 같은 대화를 하며 카페라테와 얼그레이를 홀짝였을 뿐이다.

바닷가 근처에 세워진 높은 카페였다. 전면이 통유리로 되어 있어 꽤 근사해 보였다—지애가 요구했던 대로.

잠시 후 지애와 혜란은 카페에서 나와 차에 탔다. 자동차 안에 다시 음악이 흐르기 시작했다. 이번에는 다른 노래였고, 혜란이 선곡한 것이었다. 잔잔한 클래식 음악이었다.

"절 너무 미워하지 마요." 혜란이 말했다.

"미워한 적 없어. 왜 그런 말을 하는 거지?" 지애가 하하 웃었다.

"맞아요. 저를 미워하시면 안 돼요. 이 여행을 가능하게 한 것은 저니까요." 혜란이 콧노래를 흥얼거리며 말했다. 손바닥으로 핸들을 쥐었다 폈다 하며.

핸들이 돌아갔다. 그들은 카페 부지를 벗어났다. 빗방울이 떨어지기 시작했다.

"오, 비 온다." 혜란이 말하며 와이퍼를 작동시켰다.

와이퍼가 창밖 풍경을 죽죽 그으며 왼쪽에서 오른쪽으로, 다시 왼쪽에서 오른쪽으로 움직였다.

지애는 아이가 보고 싶었다. 견딜 수 없을 만큼. 언제나.

바다에서 서핑 연습을 할 때마다 지애를 몹시 슬프게 만들었던 것은 자신이 어떤 즐거움을 느낄 때마다 끔찍한 죄책감도 함께 느꼈다는 것이다.

지애는 종종 혼자 방에서 울었다. 그들을 자신이 두고 왔다고 생각했다. 저편의 세계에 두고 왔다고.

조금씩 괜찮아질 때마다, 일상을 제정신으로 살 수 있게 될 때마다 자신이 그들을 떠나는 것 같다고 생각했다.

그러나 어머니는 바다를 손바닥으로 가볍게 두드리며 말했다. **자, 이건 바다야.**

그러나 어머니는 허공에서 주먹을 쥐었다가 풀

었다가, 쥐었다가 풀면서 말했다. **자, 이건 파도야.**

그러나 어머니는 잠시 침묵을 지킨 끝에, 손으로 눈을 가리면서 말했다. **자, 너희도 이렇게 해보아라.**

지애는 어머니의 지시대로 했다. 작은 손의 틈새로 와이퍼가 작동되는 모습이 보였다.

아까 그 선이 어디 있었는지 알겠어? 어머니가 물었다.

지애는 침묵 속에서 대답했다. **무수히 많아요.**

무수히.

아버지가 그 선을 건너갔다.

어머니가 그 선을 건너갔다.

내 아이가 그 선을 건너갔다.

지애는 손을 내려 와이퍼를 바라보았다. 그리고 혜란에게 물었다. "우리는 어디로 가는 걸까?"

"집이죠." 혜란이 웃으며 말했다.

아하하. 지애도 웃었다. "그래. 집으로 가는 거지."

"사실 모르겠어요." 혜란이 생각에 잠긴 표정으로 말했다. "그걸 알 수 있다면 좋을 텐데요."

두 여자를 태운, 오로지 두 여자만을 태운 자동차가 달려 나갔다.

그 누구의 침범도 허락하지 않으며.

지애가 검은 연을 하늘에 띄워 올린 건 더 나이를 먹어서, 서핑에 어느 정도 다시 능숙해졌을 때였다.

지애는 새까만 밤에 검은 연을 하늘로 날리는 것을 좋아했다. 그러면 검은 하늘에 실을 단 것 같았고, 모든 세상과 연결된 것 같았다.

정말이지 모든 세상과.

모든 슬픔과.

종종 꿈에 바다 위에서 자전거를 타는 아이가 나왔다. 아이는 자전거를 돛단배 삼아 저 멀리멀리 떠나갔다.

얼레가 돌아갔고, 바퀴가 굴러갔고, 세상이 운행되었다.

혜란은 담배를 쥔 손을 창밖으로 내밀었다. 빗물이 혜란의 손 위로 떨어졌다. 혜란은 꽁초를 도로 위로 집어던졌다.

"아, 미안해요." 혜란이 사과했다.

"나한테 사과할 거 없어." 지애가 창밖으로 고개

를 돌리며 말했다. 이제 지애가 있는 곳에서는 잘 깎아 내린 듯한 모양의 산이 보였다. 바다는 혜란이 있는 자리에서, 끝도 없이 펼쳐질 것처럼 이어지고 있었다.

하늘은 여전히 맑았다. 비는 금방 그칠 듯했다.

지애는 창문을 열어 창밖으로 손을 내밀었다. 빗금들이 지애의 손 위로 떨어지고 있었다. 지애는 주먹을 쥐었다 폈다 했다.

"요즘도 죄책감을 느끼니?" 지애가 물었다.

혜란은 말없이 웃었다. 그리고 말했다. "그럼요. 언제나."

지애는 답하지 않았다. 대신 무언가를 짓는 사람처럼, 뜨개질을 하거나 수를 놓거나 물레를 돌리는 사람처럼 손을 허공에 휘저으며 산의 표면을 바라보았을 뿐이었다. 지애는 눈을 감고, 촉촉하게 떨어지는 빗물의 감각을 느끼며, 허공에 손을 찬찬히 흔들었다. 마치 그렇게 하면 세상의 원리를 이해할 수 있기라도 하다는 듯이. 세상의 어떤 흐름을 조율할 수 있기라도 하다는 듯이.

그때 혜란과 지애가 탄 자동차를 추월하는 자동차가 있었다. 승합차였다. 혜란은 저 멀리 달려 나가는 승합차를 멀거니 바라보며 말했다. "어딜 저리 바쁘게 가실까."

"저 자동차, 마을에서 보았던 것 같아." 지애가 말했다.

"맞아요. 우리 마을 사람 차거든요." 혜란이 아하하 웃으며 말했다.

"뭐 하는 차인데?"

"그건 비밀이에요."

"어째서?"

"그럼 맞춰봐요. 저 차의 정체는 무엇일까요? 보기는 총 세 개입니다."

1. 마약상의 차
2. 유품정리업체의 차
3. 신의 자동차

지애는 웃었다.

그리고 문제의 정답에 세상의 진실이 달려 있기라도 한 듯이 진지한 얼굴로 고민하기 시작했다. "음……."

저 멀리 승합차의 뒷모습이 보였다. 언제라도 눈앞에서 사라질 듯이, 완전히 사라지지는 않은 채로.

지애가 물었다. "다른 보기는 없어?"

"좋아요. 그럼 몇 개 더 드릴게요."

4. 천국으로 가는 차

5. 아직 발견되지 않은 섬으로 가는 차

6. 그 어디로도 가지 않는 차

지애가 말했다. "너무 어렵네."

"문제 하나 더 있어요. 저 차는 돌아오는 차일까요, 떠나는 차일까요?"

"간단하지 않아? 우리가 지금 가는 길은 마을로 가는 방향이잖아. 그럼 돌아오는 차 아니겠어?"

"글쎄요, 그렇게 간단할까요?"

비가 서서히 그치고 있었다. 와이퍼가 빗물을 닦으며 저 앞의 차를 선명하게 보여주었다. 혜란은 콧노래를 불렀다.

"음."

"자, 그래서 문제의 답은 몇 번이라고 생각해요?"

"5번. 5번으로 할게."

"5번이 뭐였는지 기억은 나요?"

"응. 섬으로 가는 거."

"왜 그게 정답이라고 생각해요?"

"그게 정답이라면, 거기 다 모여 있겠지. 섬에서 오순도순하게."

"언니의 바람을 물어본 문제가 아닌데요."

지애는 오래도록 침묵하더니, 혜란에게 한 손을 내밀며 말했다. "나도 한 대 줘."

혜란은 지애에게 담뱃갑과 라이터를 전달했다.

비가 그쳤다.

지애는 담배 한 개비를 입에 물고 라이터로 불을 붙였다. 저 멀리 승합차가 커브를 도는 모습이 보였다. 승합차는 산의 표면으로 빨려 들어가듯이 사라졌다.

지애가 기침을 하며 말했다. "모르겠어. 이제는 정말로 아무것도 모르겠어. 이 세상에 규칙이 있고, 논리가 있고, 해결 가능한 문제가 있고, 낙관이 있다고 믿었는데."

혜란은 말없이 지애의 말을 들으며 핸들을 돌렸다. 자동차가 커브를 돌았다. 저 멀리 승합차가 자그마하게 보였다.

"내일 서핑이나 해야겠다." 지애가 무언가를 포기한 사람의 말투로 말했다. "파도가 오늘만 같았으면 좋겠네."

"오늘 파도가 어떤데요?" 혜란이 말했다.

"적당해."

"내공이 느껴지네요."

"무슨. 바다는 언제나 낯설어."

잠시 후 백반집 앞에 자동차가 도착했다. 비는 어느새 멎어 있었다. 지애는 차 문을 열고 나갔다.

"또 만나요." 혜란이 말했다.

"봐서." 지애가 답했다.

아하하하. 둘은 동시에 웃었다.

"언니."

"응?"

"어릴 때 저는 언니가 모든 것을 알고 있는 사람이라고 생각했어요. 모든 일의 열쇠를 쥔 사람이라고."

"그래서?"

"그랬다고요."

그리고 둘은 작별했다.

혜란은 차를 끌고 바닷가로 갔다. 차 문을 열고 나와 담배에 불을 붙인 혜란은 파도가 치는 바다를 바라보며 차에 기댔다.

언젠가 기회가 된다면, 혜란은 자신이 어린 시절에 나무 뒤에 숨어 훔쳐보곤 했다는 사실을 지애에게 고백할지도 모른다고 생각했다. 그러나 혜란은 자신이 영원히 그 이야기를 하지 못할 것이라고도 생각했다.

얼레를 쥔 작은 손에

그 모든 세상의 비밀이 다 담겨 있을 거라는 낙관을

내가 품었었다는 사실을

영원히 말하지 못할 거라고 생각하며

혜란은 콧노래를 불렀다.

날이 밝자 주말이었다. 혜란은 지애가 서핑을 해야겠다고 말했던 것을 떠올렸다. 그래서 집을 나가 차에 올라탔다.

파도가 어제 같았나 보다, 혜란은 생각했다. 저 멀리 홀로 서핑을 하고 있는 지애가 자동차 창밖으로 보였기 때문이다.

세상의 모든 서퍼는 바다를 정복하려 하지도, 파도를 통제하려 하지도 않는다. 자기 몸의 흐름을 파도의 흐름에 기꺼이 맞출 뿐이다. 혜란의 눈에 지애도 그러했다. 지애는 파도를 타고 또 타며 무수히 많은 물결을 가로지르고 있었다. 혜란은 차를 세운 뒤 문을 열고 내려 모래사장으로 걸어갔다. 혜란이 신발을 벗고 모래를 밟고 있을 때, 지애가 보드에서 내려와 땅에 발을 디디며 혜란을 발견했다.

그때 저 높은 곳에서 새 한 마리가 날아갔다. 혜란은 고개를 들어 새를 보았다. 혜란의 시선을 따라 고개를 들었던 것은 지애도 마찬가지였다.

새가 된다면, 하고 둘은 동시에 생각했다. 새가 된다면 그들은 새의 눈으로 하늘을 감상하고 바다를 내려다볼 것이었다.

저편의 세계에 종종 놀러 갔다가

천연덕스럽게 돌아올 것이었다.

혜란은 천천히 바닷가로 걸어갔고, 지애는 보드를 끌고 바다를 빠져나왔다.

"멋지네요." 혜란이 말했다. "오늘 바다는 어땠어요?"

지애가 웃으며 답했다. "나쁘지 않았어."

"내공이 느껴지는 말이네요."

"서핑 전문가들이 들으면 비웃을 말을 하는구나."

"언니는 전문가가 아니에요?"

"당연히 아니지. 나는 영원한 아마추어지."

"그렇군요. 뭐, 그것도 멋지네요."

아하하하. 둘은 동시에 웃었다.

지애는 콧노래를 불렀다―새를 부르듯이.

그러나 아무도 찾아오지 않는다.

지애는 산 중턱에, 드높은 절벽에 앉아 있었다. 다리를 바깥으로 내민 채. 고독과 불안에 떨며. 콧노래를 부르며.

불어난 슬픔을 달래기 위해서.

휘이 휘이 흘려보내기 위해서.

산 위에 오르면, 저 멀리 바다가 보이는 것이 좋았다. 바위를 향해 철썩철썩 몰려오는 파도를 보는 것도.

해가 지고 있었다.

지애는 자리에서 일어났다.

그리고 천천히 산을 내려오기 시작했다.

멀리서 파도 소리가 들려왔다. 뒤를 돌아보며 고개를 들어 올릴 때마다 태양은 같은 곳에 있었다. 저 높은 곳에 떠 있는 태양이 지애를 따라 찬찬히 세상으로 내려오기라도 하는 것처럼. 지애가 태양에 실이라도 달아놓았다는 듯이.

그러나 태양은 지애를 따라 땅으로 내려오지 않는다—태양뿐일까? 달도, 별도, 구름도 땅으로 내려오지 않는다. 저편의 세계도 땅으로 도착하지 않는다.

지애는 생각했다—나를 따라오는 것처럼 보인다면 그건 저 세계가 지나치게 큰 탓이겠지. 그리고 내가 지나치게 작은 탓이겠지. 온몸으로 빗금을 그으며, 콧노래를 부르며 지애가 산을 내려오고 있었다.

지애는 혜란이 어린 시절부터 자신을 훔쳐보곤 했다는 사실을, 자신이 얼레를 쥐고 연을 다룰 때마다 혜란이 그 모든 광경을 가만히 바라보았다는 사실을 알고 있었다.

그날도 그랬다. 어린 시절에 마지막으로 공터에 갔던 날도. 이제 당분간은 연을 날리지 않아야겠다고 결심했던 그날에도.

새 한 마리가 정확히 실을 가로지르며 날아간

순간, 지애는 고개를 돌려 혜란을 바라보고 싶었다.

얘, 봤니?

방금 새가 저곳으로 건너갔어.

라고 말하기 위해.

그러나 지애는 혜란을 돌아보지 않았고, **얘, 봤니?** 라고 묻지도 않았고, 그대로 실을 감으면서 공터를 떠날 채비를 했다.

새가 하늘을 오래도록 가로질러 저 먼 곳으로 떠나가고 있었다.

향자

그건 마치 생의 속도 같았다.

부는 바람에 긴 치마폭이 흔들리는 것, 구름이 바다 위를 지나가는 것, 해초가 비밀스럽게 흔들리는 것, 모래가 바닷물에 적셔드는 것, 우리가 늙어가는 것.

어떤 건 몹시 느리고 어떤 건 몹시 빠르다고 향자는 생각했다.

그날 향자와 미자는 모래사장 위를 걷고 있었다. 천천히, 천천히. 하늘이 청명하고 바다가 잔잔한 날이었다. 두 여자의 왼쪽으로 작은 마을이, 오른쪽으로 바다가 펼쳐졌다. 좌우는 무의미했다. 왜냐하면 두 여자는 해변 끝까지 걸어갔다가 장난꾸러기 아이들처럼 차례차례 뒤돌아 다시 반대편으로 느리게 걷기 시작했기 때문이었다.

　　그렇게 얼마나 오랜 시간을 걸었던 걸까? 이제 두 여자는 더 이상 젊지 않았다. 향자는 고개를 숙여 자신의 한쪽 손을 내려다보았다. 자글자글했다. 바다를 향해 고개를 돌려, 언젠가 일기장에 적은 문장 몇 개를 떠올렸다.

　　나는 슬픔과 고통으로부터
　　자유로워지고 싶었다. 새처럼
　　단지 새처럼.

　　미물들.
　　세상의 미물들.

　　너덜너덜한 일기장이었다. 왜냐하면 향자는 일기를 적고 북북 찢어버리기 일쑤였으므로. 그것도 모자라 좁디좁았던 미자네 뒷마당에서 잘게 찢은 종잇조각들을 드럼통에 흰 눈가루처럼 뿌려 넣고 불태워버리기

일쑤였으므로. 미자는 다정하고도 무심한 여자였고 향
자는 그런 미자 곁에서 평온과 안식을 찾곤 했다. 미자
는 향자가 드럼통에 무엇을 불태우든지 말든지 묻지 않
았다. 부러 그 위에 장작을 집어넣으며 향자의 죄를 덮
어주고 사해줄 뿐이었다.

　　우리 생에는 배의 조타 같은 선택들이 발생한
다. 그리고 생의 몸통을 크게 뒤흔드는 결정적인 선택
을 위한 용기는 언제나 불현듯이 찾아온다. 향자는 용
기인지 충동인지 모를 무언가로 인해 고개를 들었고,
미자의 등을 바라보며 입을 열었다. "내가 살인을 막지
못했어." 그건 장작을 태우던 드럼통 곁에서 미처 하지
못했던 고백이었다. 미물들. 세상의 미물들.

　　미자는 돌아보지 않았다.

　　"내 남편이 그 불쌍한 사내를 죽였던 것 같아."
향자가 말했다. "연 날리던 남매의 아버지를."

　　그러자 바다 한가운데에 연이 솟아 하늘 위로
높이높이 날아올랐다. 향자는 고개를 들어 떠나가는 연
을 바라보았다.

　　그건 새였다.

그로부터 몇 달 후, 미자는 산책을 하다 쓰러져 뇌출혈을 진단받았다.

무사히 의식을 회복했지만 미자의 몸 상태는 빠르게 악화되었다. 초기였기에 진단하지 못한 치매까지 가속화되기 시작했을 때 미자는 요양원 입소를 결정했다.

요양원은 향자와 미자가 사는 바닷가 마을에 단 하나 있는 요양원으로, 도심의 요양원에 비하면 낡고 한적한 편이었다. 그곳에는 미자의 손녀 혜란이 근무하고 있었다.

입소 전날 향자는 미자를 만나러 갔다. 침대에 누워 있던 미자는 몸을 일으켜 앉아 향자를 맞이했다.

"향자야, 나는 모든 것을 잊게 될 거야." 미자가 말했다.

향자는 말없이 미자의 손에 시선을 고정했다. 미자의 주름진 손을.

"미안하구나." 미자가 말하며 두 손을 뻗었다. 향자는 미자에게 안겼다.

그것이 신의 포옹 같다고, 향자는 생각했다. 신의 포옹은 냉정하다. 신은 죄인을 용서하기 위해 용서한다. 그건 안온한 것이 아니라 끔찍한 것이다.

"아니, 언니가 뭐가 미안해……" 향자는 미자의 품에서 눈물을 흘렸다. 망각의 능력은 신이 인간들에게 선사한 것이었고 그 능력과 함께라면 세상의 어떤 죄도 끝끝내 이해받거나 용서받지 못했다.

향자는 생의 절벽에서 한숨처럼 토해낸 최초의 용기가 드럼통의 장작더미처럼 흰 눈가루처럼 불타버리는 소리를 들었다.

미자는 평생 재봉틀을 다루었다.

미자의 재봉틀은 책상 형태의 구형 재봉틀로, 바닥에 놓인 페달을 밟아 작동시키는 구조였다. 발을 한번 굴려서 페달을 밟고 왼손으로 천을 매만지거나 움직이는 동안, 다른 손으로 재봉틀 오른쪽에 달린 바퀴를 돌리고.

과거에 미자가 재봉틀을 굴리고 있을 때면, 향자는 방의 한쪽 귀퉁이 벽에 등을 기대앉아 책을 읽곤했다.

그들이 젊었을 때, 미자는 향자에게 옷 만드는 법과 음식 짓는 법을 알려주었고 향자는 미자에게 글읽는 법을 알려주었다.

미자와 향자가 서로를 처음 알게 된 것은 향자의 집에서였다. 남편이 다른 여자와 살림을 차려 집을 떠난 미자는 바느질을 하거나 남의 집에서 청소와 요리를 하며 생계를 유지했다. 그 남의 집 중 하나가 향자의 집이었다. 정확히는 향자의 남편, 최 씨의 집이었다.

다른 마을에서 살고 있던 향자는 바닷가 마을의 돈 좀 있는 농부에게 시집을 왔고, 향자가 임신했을 때 최 씨는 미자를 고용했다. 말 섞을 이 하나 없는 바닷가 마을에서 외로웠던 향자의 눈에 미자는 어딘가 친해지고 싶은 굳세고 단단한 사람이었다. 그러나 향자는 그들의 관계가 기울어져 있다고 믿었고, 이런 식이라면 둘 사이에 진정한 우정은 싹트지 않을 것이라고 생각했다.

그래서 향자는 어느 날 부엌일을 하고 있던 미자의 이름을 불렀다.

"잠시만 이리 와봐요."

미자는 물기 어린 손을 슥슥 닦으며 향자의 맞은편에 섰다.

당시 배가 부르기 시작했던 향자는 왜인지 긴장한 얼굴로 한참을 머뭇거리다가 입고 있던 긴 치마를 주섬주섬 걷어 올렸다. 그리고 뒤돌아섰다.

향자의 종아리 뒤쪽에는 피멍이 가득했다. 미자는 말없이 그것을 바라보았다.

"저는 이렇게 산답니다." 향자가 말했다.

미자는 이제 더 이상 닦을 물기도 없는 손을 계속해서 옷자락에 문질러 닦으며 한참 동안 그것을 내려다보았다.

그날 이후 미자는 향자를 자신의 집에 종종 초대하기 시작했고, 배가 점점 부르던 향자를 위해 옷을 지어주었다.

미자가 만든 옷은 향자의 것뿐만이 아니었다. 미자는 자신의 딸을 위한 옷도 직접 만들었다. 그때는 미자의 딸이 살아 있었다.

당시 미자와 향자는 둘의 우정에 대해 마을 사람들이 이런저런 이야기로 떠드는 것을 알음알음 알고 있었다. 마을 사람들은 불행한 여자들끼리 친하게 지내는 일을 어딘가 우스꽝스럽고 기묘한 것으로 여겼다.

그들은 향자의 불행에 대해, 즉 농부가 자신에게 시집온 어린 여자에게 매섭게 손찌검을 한다는 것에 대해 미주알고주알 떠들었다. 그들은 향자를 측은하게 여겼고, 동시에 본래 살던 곳보다 먼 마을로 시집온 향자에게 그 불행의 책임이 있기라도 한다는 듯, 돈을 밝히면 그런 대가를 얻게 되는 거라고—중매결혼이었음에도 불구하고—이야기했다. 또한 농부가 마을 사람들에게는 제법 신사적이고 합리적인 사내라는 사실을 일컬어, 그런 사내를 악귀처럼 날뛰게 할 정도라면 반드시 향자에게 치명적인 문제가 있을 거라고 추측했다.

불행은 기묘한 것이었고, 불행한 사람들은 손쉽게 기이한 사람들이 되었다. 불행한 사람들은 불행하기 때문에 사랑받을 수 없는 존재로 전락하기 일쑤였다. 생에 흠결이 있는 사람들은 그 흠결로 인한 슬픔과 절망을 감당하기도 벅찬 와중에 그 흠결을 몹시 추하고 불경한 것으로 바라보는 사람들의 시선까지 견뎌야만 했다.

불행한 사람은 불행으로 인해 고통받고, 불행한 사람이라는 사실로 인해 한 번 더 고통받는다. 불행한 사람이라는 낙인은 고약한 것이다. 바로 그 때문에, 세상의 모든 사람은 가지각색의 이유로 각자 불행함에도 불구하고 모두 한마음으로 약속이라도 한 듯이, 자신의 불행을 능숙하고 훌륭하게 감추는 요령을 고요히 단련한다. 사람들은 자신의 불행을 고백하지 않고 공유하지 않으며 고급 도자기처럼 집 안에 고이 모셔두고 아주 정성스럽게 갈고 닦는다. 누군가 이걸 알아채거나 눈치 채지 않도록 비밀스럽고 신중하고 교묘하게. 이상한 것은, 모두 집 안에 불행의 도자기를 감추고 살면서도 서로의 가장된 행복에 언제나 감탄하며 질투를 겪는다는 것이다.

모두가 서로를 의식해 행복을 가장하는 세상 속에서도 불가사의한 존재는 늘 태어나는 법이다. 타인을 과도하게 의식하지 않고 자기만의 방식으로 작은 생을 건축하는 사람들. 남이 떠들거나 말거나. 내 생이 어떤 시선 속에서 초라하거나 말거나. 나는 나의 작은 정원을 사랑해, 라고 말하는 사람들. 미자는 그런 여자였다. 미자는 이 마을에 이 세상에 이 지상에 흠결 없는 생을 가진 사람은 없다는 것을 본능적으로 알고 있었고, 사람들이 자신을 기이한 여자 취급할 때 그 마음의 근원이 미자의 생이 아니라 그들 자신의 생이라는 것을 알고 있었다.

심장이 안정적이고 단단한 미자 곁에서, 향자는 나무 그늘에 삼삼오오 모여든 작은 동물처럼 굴었다. 미자에게 모여든 작은 동물은 향자뿐이 아니었다. 미자는 길거리의 들개나 고양이들에게 밥을 주기도 했다.

그때쯤 향자는 유산했다. 최 씨는 그것이 불길한 여자와 어울리고 다녔기 때문이라고 주장했다. "불행이 옮겨붙은 거야." 최 씨가 말했다. "그 이상한 여자에게 불행이 옮겨붙은 거라고."

그날 후로 향자는 챙이 넓은 모자를 푹 눌러쓰고 미자의 집으로 몰래 놀러 가곤 했다. 얼굴에 두껍게 분칠을 할 때도 있었다.

그러면 맞아 생긴 멍이 가려졌기 때문이다.

그런 노인들이 있다.

고목처럼 묵묵하고 낙엽처럼 지쳐 있으면서, 불현듯이 아이처럼 깔깔 웃고 바보 같은 농담을 하며 생을 버티는 노인들.

미자가 뇌출혈로 쓰러지기 전, 혜란이 모는 차를 타고 미자와 향자는 시내로 향하곤 했다. 일종의 나들이였다.

"아가, 할미도 챙겨줘." 미자가 뒷좌석에 앉아 혜란이 앉은 운전석을 툭툭 치며 말했다. "요양원 사람들만 챙기지 말고."

"그럼, 그럼." 혜란이 리듬감 있게 대답했다.

"애, 노래 좀 틀어줘라." 향자가 말했다.

"어떤 노래를 원하시는데요?" 혜란이 물었다. 혜란은 미자에게 말할 때는 반말을 썼고, 향자에게 혹은 향자와 미자에게 동시에 말할 때는 존댓말을 썼다.

그러자 향자는 정확히 어떤 노래를 틀라고 명령했고, 혜란은 "예— 예—"라고 대답하며 그 노래를 찾아 틀어주었다.

자동차에 울려 퍼지는 노래에 맞추어 미자와 향자는 손뼉을 치며 노래를 불렀다.

향자가 도심을 피곤하게 여기는 반면, 미자는 시내행을 좋아했다. 미자는 시장의 옷 가게에서 현란한 무늬의 옷들을 구경하는 것도 좋아했다. 천을 파는 가게에 방문하는 것도 좋아했다. 다 떠나서 혜란이 요양원의 노인들이 아닌 미자를 위해 시간을 내는 것을 몹시 좋아했다.

그날 시내에 도착하자마자 그들은 옷 구경을 한 뒤 영화를 보았다. 그 작지 않은 영화관에서 지긋한 노인은 향자와 미자뿐이었다. 영화가 끝난 후에는 삼계탕 집에 들러 식사를 해결했다.

　　주차장으로 향하기 전에 셋은 서점에도 들렀다. 향자가 새 책을 사고 싶어 했기 때문이었다.

　　"할머니는 뭐 더 필요한 거 없어? 시내 나온 김에 사서 가게." 혜란이 말했다.

　　"없어, 없어." 미자가 답했다.

　　"아무것도?"

　　"그럼, 아무것도."

　　"재봉틀 새거 안 필요해?"

　　"당연하지." 미자가 흔쾌한 어조로 답했다. "얼마 쓰지도 못할 텐데."

　　"무슨 소리." 혜란이 말했다. "다음에는 새 재봉틀을 사자."

　　두 노인과 혜란은 주차장에 도착했고, 차례차례 차에 올라탔다. 셋이 모두 차에 올라탔을 때, 잠시 침묵이 있었다.

　　"아가, 얼른 피우고 와." 미자가 말했다.

　　"노래는 틀어주고 가." 향자가 말했다. "아까 듣던 걸로."

　　"됐어요." 혜란은 차에 시동을 걸며 말했다. "제가 그 정도인 줄 아시나요."

"피우지 말라고 아무리 말해도 안 들어." 미자가 혜란의 말을 무시하며 향자에게 말했다.

"언니 손녀인데 뭐." 향자가 말했다. "그래도 혜란아, 사십 살 되면 금연해라."

"예." 혜란이 답했다. 두 할머니의 애청곡을 재생시키며. 볼륨을 높이며.

그리고 미자와 향자는 자동차에 울려 퍼지는 음악에 맞춰 손뼉을 치며 노래를 불렀다.

차는 바닷가 마을을 향해 달려갔다.

"이제 돌아가는 거야?" 미자가 아쉬움을 담아 말했다.

"어디를 더 가고 싶은데?" 혜란이 장난기를 담아 말했다. "클럽이라도 데려가줘?"

"그거 좋지, 그거 좋지." 향자가 리듬감 있게 대답했다.

미자가 깔깔 웃었다.

"아니, 진지하게 말씀해봐요. 어디 더 들르고 싶은 데 있어요? 데려가드릴게요." 혜란이 백미러로 향자를 바라보며 물었다.

"천국." 향자가 웃음기를 머금은 얼굴로 말했다.

"천국으로 데려가줘."

"그거 정말 좋은데. 이대로 천국으로 데려가줘."
미자가 박수를 짝짝 치며 말했다.

혜란은 난처해하며 입을 다물었고, 향자와 미자
는 깔깔 웃었다.

"두 분 다 그런 말씀하지 말아요." 혜란이 말했다.

"왜? 천국에는 못 데려다줘?" 미자가 재차 물었다.

혜란은 말없이 운전했다.

"기름값이 비싼 모양이야." 향자가 미자를 툭툭
치며 말했다. "그렇지, 언니?"

미자가 다시 한번 깔깔 웃었다. 그러다 하품을
쩍 했다.

미자의 하품에 향자도 하품을 쩍 했다. 둘의 하
품 소리에 혜란도 하품을 쩍 했다.

그리고 셋은 동시에 깔깔 웃었다.

혜란은 향자를 잘 따랐다. 어릴 적 책을 읽다가
모르는 단어가 생기면 사전을 찾아보거나, 향자에게 물
어보았다. 그런데 혜란이 단어의 뜻을 물을 때 향자의
말문이 막힐 때도 있었다. 그 단어가 무엇을 의미하는

지 머릿속으로는 이해하고 있었지만 정확히 어떻게 설명해야 하는지 알지 못할 때가 있었던 것이다.

이를테면 혜란이 이렇게 물어보았을 때. "할머니, '사건'이 뭐예요?"

향자는 고민하느라 바로 답하지 못했다. 사건이 들어가는 말로 예시를 들어 설명해주면 어린 혜란이 더 어려워할 것 같았다.

그러자 미자가 대답했다. "'사고' 같은 거."

"아니야. 두 단어는 되게 달라." 향자는 왜인지 소스라치듯 놀라며 끼어들었다.

"달라? 아이고, 할미가 실수했네." 성격 좋은 미자가 혜란을 향해 웃으며 되물었다.

"사전을 찾아볼까요?" 혜란이 향자에게 물었다.

"그래. 그게 좋겠다." 향자가 여전히 생각에 잠긴 얼굴로 중얼거렸다.

"아무리 가르쳐줘도 모르겠네. 환장하겠어." 미자가 말했다. "너는 글을 잘 알아서 참 부럽다. 나는 아직도 어려운데."

"단어 하나 설명을 못 해주는데 무슨." 향자가 답했다. "언니는 옷을 짓잖아." 향자의 눈에 옷을 만드는 미자의 모습은 그 누구보다 더 빛나 보였다.

"옷 짓는 게 뭐라고? 순 허드렛일이지." 미자가
두 팔을 뻗어 혜란을 껴안으며 말했다.

그때 혜란이 동그랗게 눈을 떠 향자를 바라보며
"할머니도 모르는 게 있어요?"라고 천진하게 물었다.

"향자는 몰라서 대답을 못 하는 게 아니야." 미
자가 대신 대답했다.

향자는 말없이 미자와 혜란의 모습을 바라보
며―단란하고, 아름답고, 다정다감한 두 여자의 모습을
바라보며―천천히 입을 열었다. "그래. 나도 모르는 게
많지."

아니, 나는 사실 아는 게 아무것도 없는 것 같아,
라고 말하고 싶은 마음을 향자는 꾹꾹 참으며 울적한
얼굴을 했다.

향자의 울적한 얼굴 때문에 혜란은 자리에서 일
어나 화장대로 걸어갔다. 그리고는 서랍을 열어 뒤적이
던 혜란은 옥색 반지 하나를 가져와 향자의 손에 쥐여
주었다.

"선물이에요."

향자는 당황했고, 미자를 바라보았다.

미자는 웃으며 말했다. "싼 거야. 가져가."

미자가 요양원에 입소한 후, 혜란은 격주로 차를 끌고 향자의 집에 들렀다. 그리고 향자를 차에 태운 뒤 요양원에 데려다주었다.

요양원 일 층 복도 안쪽에는 연한 하늘색 벽지가 발라진 면회실이 위치했다. 면회실에는 유리판이 놓인 원형 탁자와 그다지 편하지도 불편하지도 않은 철제 의자가 하나 놓여 있었다.

향자는 철제 의자에 앉아 책을 읽으며 혜란이 미자를 데려올 때까지 기다리곤 했다. 얼마간 시간이 지나고 나면 혜란이 미자의 휠체어를 끌고 면회실로 들어왔다. 혜란은 둘만의 시간을 위해 잠시 자리를 비켜주었다. 입소 초기에 미자는 향자를 알아보았고, 둘은 별 대단치 않은 농담을 하며 자주 깔깔 웃었다.

날이 쌀쌀해졌다가 겨울이 왔고, 그 뒤 또다시 봄이 왔다.

향자는 미자를 돕고 싶었다. 그래서 문구점 노인을 만나러 갔다. 향자와 미자가 오래 알고 지낸 그 노인은 마을의 거친 사내들에 비하면 심성이 나약하고 순한 편이었고, 젊은 시절에는 걸핏하면 동네 사내들에게 얻어맞았다. 그렇다고 또 세상의 모든 슬픔을 짊어진 것처럼 선량하기만 한 남자는 아니었는데, 남의 집 개를 가지고 왜 요리해 먹지 않느냐며 툴툴댔던 것이다. 그래서인지 마을 사람 중 비교적 어린 사람들은 문구점 노인을 죽어 마땅한 산송장 취급할 때가 있었다.

문구점을 사이에 끼고 양옆으로 젊은 관광객들이 이용할 법한 카페와 펍이 들어선 것도 문구점 노인이 산송장처럼 보이게 만드는 데 크게 기여했다. 관광객들은 진정한 레트로를 구현하는 노인의 문구점을 찰칵찰칵 찍다가도 주인이 게슴츠레한 눈으로 터벅터벅 걸어 나오면 딱히 달가워하지 않으며 자리를 떴다. 물론 개중에는 예의 바르고 넉살 좋게 노인에게 인사를 붙이는 젊은이도 있었다.

그렇다고 문구점 노인이 젊은이들을 경멸하고 토박이들만을 환영하느냐 하면 그것도 아니었다. 토박이들은 대개 노인처럼 나이가 지긋했고 더 이상 많은 물건을 사들이지 않았다. 오히려 문구점에서 돈을 쓰는 건 외지에서 온 젊은이들이었는데, 물론 그것마저도 노인이 본래 취급하던 물건들 때문은 아니었다. 그들이

돈을 쓰기 시작한 건 아들 손녀의 제안에 따라 의미를 알 수 없고 마냥 귀엽기만 한 작은 소품들을 들여와 팔기 시작한 후였다. 새초롬하게 놓여 있는 앙증맞은 사물들은 나름대로 결백했고, 노인도 적적할 때면 물끄러미 소품을 구경할 때가 있었다.

돈 쓰는 젊은 여행객들이 더욱 많아지기 시작한 것은 저 멀리 도로에 거대한 베이커리 카페가 들어선 후였다. 어느 돈 많은 자산가가 자기 자식에게 증여세와 상속세 없이 큰 부를 물려주려는 발판으로 세운 카페라고 했다. 이제 그 카페가 마을 근방에서 가장 북적거리는 장소였다. 노인도 카페를 들른 적이 있었는데—아들이 직접 차를 몰아 데려가주었다—카페 구석의 널찍한 소파에 아들과 마주 앉아 한참이나 창밖의 바닷가를 바라보던 노인은 들릴 듯 말 듯 작게 중얼거렸다. "좋네." 그날 아들의 도움을 받아 다시 마을로, 자신의 문구점으로 돌아온 노인은 본래 앉아 있던 의자에 앉았다. 문구점을 단 한 번도 떠나본 적 없는 이처럼. 소품의 일종처럼.

바닷가 마을은 이제 거대한 인형극이 되어가고 있었다. 하지만 사실 그건 바닷가 마을의 문제만은 아니었다. 이 땅의 모든 버려진 마을이 그러했다.

　향자는 문구점 노인에게 스케치북과 크레파스, 원고지 공책을 구매했다. 그런 건 가져가서 어디다 쓰려고 하냐는 듯한 노인의 눈길에 향자는 대답했다.

　"미자랑 놀려고 그러지."

　이 마을 노인 중에 미자가 뇌출혈을 겪은 뒤 요양원에 입소했다는 걸 모르는 노인은 없었다. 문구점 노인은 잠시 향자가 구매한 물품들을 바라보다가 주섬주섬 가게 안쪽으로 들어갔다. 그리고 화투를 가져왔다.

　"이거로도 놀아. 좋아할 거야."

　향자는 문구점 노인이 건넨 화투를 받아 들었다. 얼마 전 세상을 떠난 노인의 부인이 쓰던 것 같았다.

　"고맙네." 향자는 문구점을 떠났다.

　물론 미자와 화투 한 판 치는 것은 불가능에 가까웠다. 미자는 설명하고 또 설명해도 규칙을 기억해내지 못했다. 과거에 화투를 몇 번쯤은 쳐봤을 텐데도 그랬다.

　미자는 종종 과거를 살기 시작했다. 향자는 하루하루 늙어가는―어려지는―미자를 지켜보아야 했다.

　종종 미자는 자신의 재봉틀이 어디 있느냐며 불

안한 얼굴로 방을 둘러볼 때도 있었다. 그럼 향자가 닫힌 문을 가리키며 말했다.

"다른 방에 있어."

그렇게 말하면 미자가 끄덕였다.

봄이 끝나고 여름이 시작된 뒤 다시 가을이 왔다.

미자는 혜란을 낳다가 죽은 자기 딸아이 얘기를 하기도 했다. 향자도 미자의 딸을 당연히 기억하고 있었다. 매번 미자와 함께 제사를 지내면서 성실하게 운적도 많았다. 그러나 치매에 걸린 미자가 자신의 딸이 마치 살아 있다는 듯이 얘기를 할 때면 아주 괴로웠다. 가장 괴로운 것은 미자의 딸이 살아 있다고 굳게 믿는 미자에게 혜란은 없는 존재라는 것이었다. 향자는 혜란이 상처를 입을까 봐 걱정되었다.

그러나 혜란은 그 모든 상황을 퍽 어른스럽게 받아들였다. 혜란은 미자 앞에서도 전문적인 요양보호사처럼 굴었다.

"너 대단하구나." 향자는 혜란에게 속삭였다.

"뭘요, 이게 일인데요." 혜란이 답했다.

향자는 자기보다 혜란이 더 어른 같다고 생각했다. 반면 자기 자신은 미자처럼 아이가 되고 있는 것 같왔다. 그런 생각이 가장 크게 들었던 것은 그날이었다.

그날 향자는 미자의 손에 검정 크레파스를 쥐여 주었다. 그리고 자신이 부르는 단어들을 적으라고 명령했다.

"재봉틀."

"바느질."

"사과."

"눈."

"고양이."

"바다."

미자는 크레파스를 붙잡고 멍하니 있다가 결국 울음을 터뜨렸다.

"향자." 향자가 스케치북을 손바닥으로 탁탁 치며 말했다. "향자라고 적어봐."

미자는 울음을 그치지 않았고, 저 멀리서 혜란이 빠른 걸음으로 다가오는 소리가 들렸다.

"언니, 내 이름 적을 줄 몰라?" 향자가 미자에게 말했다.

"이만하면 된 것 같아요." 혜란이 문을 열고 들어오며 말했다.

"향자." 향자가 미자의 눈을 똑바로 바라보며 말했다. "그건 잊으면 안 되지."

혜란은 향자를 바라보았다. 슬픈 눈으로, 미자의 등을 찬찬히 쓰다듬으며.

"나중에 다시 만날 때까지 기억해야지." 향자가 낮은 목소리로 말했다. 미자의 울음이 조금씩 잠잠해졌다. 혜란의 손길 때문인 것 같았다.

향자는 미자의 손에서 검정 크레파스와 스케치북을 빼앗은 뒤, 스케치북에 직접 자신의 이름을 적은 다음 미자에게 보여주었다.

김향자.

미자는 금방 울음을 그친 아이의 몰골이 그렇듯이 어딘가 새초롬하고 울적한 얼굴로 스케치북에 적힌 글자를 바라보았다.

면회가 끝난 후 혜란은 향자를 집에 데려다주며 앞으로 크레파스와 스케치북은 가지고 오지 말아달라고 조곤조곤 부탁했다. 향자는 미안하다고 말하며 울었다.

첫 아이를 유산한 후 향자는 집에서 쫓겨날 뻔했으나, 최 씨가 노름에 빠지면서 이혼은 유야무야되었다.

향자는 자기 처지가 족쇄 달린 짐승 같다고 생각했다.

그렇게 긴 시간이 흘렀다. 최 씨는 두 집 세 집
살림을 했지만 그건 향자에게 중요한 이야기가 아니었
다. 중요한 건 향자가 족쇄 달린 채로 오랜 시간을 살았
다는 것이었다.

남매의 가족이 마을에 입주한 것은 미자가 딸을
잃고 몇 년이 지난 후, 혜란이 미자의 손에서 키워지고
있었을 때였다.

마을의 노름판은 남자들의 놀이판이었고, 노름꾼
이었던 건 남매의 젊은 아버지 최형원도 마찬가지였다
(최형원과 최 씨의 성이 같았지만, 둘은 아무런 관계도 아니었다).

노름판에서도 매우 어린 축에 속했던 최형원이
최 씨를 만난 것은 세상을 떠난 날로부터 일 년 전이었
다. 당시 최 씨는 큰돈을 잃어 돈 따기에 혈안이 나 있
었고, 자신의 논 하나를 걸고서 노름할 돈을 빌리러 다
녔다. 최 씨가 노름판에 빠지지 않고 참석한다는 것과
여기저기 밑천을 대달라며 기웃거리고 다닌다는 소식
을 향자는 모르지 않았다. 그래도 모른 체했다.

향자가 모른 체했던 소식은 더 있었다. 이를테
면 최 씨가 최형원과도 한판 붙었다가 크게 패배했다는

것 그리고 노름 이후에 최 씨와 최형원이 회관 뒷마당
에서 한 번 마주쳤다는 것을 향자는 알고 있었다.

그러나 그날 정확히 무슨 대화가 오갔는지는 알
지 못했다. 다만 최 씨가 최형원과 대화를 나누었다는 사
실만을 전해 들었을 뿐이었다. 또 최 씨가 잔뜩 흥분한
채 주먹질을 허공에 휘두르며 달려들다가 돌부리에 걸
려 머저리 천치처럼 흙바닥에 넘어졌다는 사실을 알았
다. 최형원이 "아이고, 아이고, 아이고"라고 흥얼거리며
구두 앞코로 최 씨를 툭툭 쳤다는 사실도 알았다.

최 씨는 미처 해소하지 못한 증오심에 온몸이
펄펄 끓어 어쩌지 못했고 그것을 향자에게 풀었다.

맞는 일은 짐승이 되는 일이자 인간이 되는 일
이다. 바닥을 구르며 비명을 지르며 들짐승처럼 아파하
는 동시에 끔찍한—지극히 인간적인—수치심을 온몸
에 덕지덕지 묻히기 때문이다. 또한 맞는 일은 육체를
얻는 일이자 육체를 잃는 일이다. 온몸 구석구석 위치
한 모든 뼈의 존재를 알게 되는 동시에 가혹한 고통으
로 인해 몸이 하나의 덩어리처럼 뭉쳐지는 감각을 느끼
게 되기 때문이다.

최 씨가 떠난 방에서 홀로 누워 향자는 천장을

바라보았다. 벌레 하나가 윙윙 울다가 형광등 안으로 들어가더니 이곳저곳 온몸을 부딪으며 고통받기 시작했다. 벌레는 한참을 그곳에서 벗어나지 못하다가 갑자기 움직임을 멈추었다.

향자는 헛웃음을 지었다. 그건 꽤 웃겼기 때문이다.

그리고 향자는 숨죽여 흐느끼기 시작했다.

그날 밤, 침대에서 최 씨는 향자더러 들으라는 듯이—죄를 나눠 갖자는 듯이—중얼거렸다. "농약을 먹일 거야." 얼마간의 침묵 후 최 씨가 다시 중얼거렸다. "그 자식에게 농약을 먹일 거라고."

최 씨가 향자의 남동생을 만나고 오겠다고 선언한 것은 그 일이 있고 나서 며칠 후였다. 향자의 동생은 근처의 작은 섬에 사는 어부였고, 최 씨에게 꼼짝하지 못했다. 돈을 빌렸었기 때문이다. 최 씨가 손찌검을 하면 그냥 맞았고 배 모는 것을 가르쳐달라 하면 가르쳐주었다.

최형원이 돌아오지 않은 것은 그로부터 몇 달 뒤였다. 그날 아침부터 파도가 높았던 것은 아니었다. 아침에는 바다가 잔잔했다.

　　몇 년 후 최 씨는 노름에서 논마지기를 몇 개 더 잃었고, 가세는 기울어졌다. 그리고 어느 날 혼자 연탄을 피웠다.

　　최 씨의 장례를 치르는 동안 향자는 내내 멍한 얼굴을 했다. 이제 그 비극적인 일이 일어났던 날에 정말로 무슨 일이 있었는지, 향자에게 진실을 알려줄 수 있는 사람은 단 한 명도 남아 있지 않게 되었다.

　　동생이 향자에게 다가와 이야기를 시작한 것은 장례가 끝난 후였다. 최 씨가 어느 날 오후에 낯선 배를 몰고 왔다고, 그걸 자신한테 넘겨주며 자기 마을 사람들이 영영 찾지 못할 만큼 먼 곳에 정박시키거나 어떻게든 부숴달라 했다고.

　　최 씨는 마을 산 중턱의 무덤에 묻혔다. 조금의 죗값도 치르지 않고 그렇게 죽었다.

　　최 씨가 죽은 후, 향자는 부지불식간에 어떤 마차가 집 앞에 멈추는 꿈을 꾸기 시작했다. 그 마차는 죄인을 엄벌한다며 향자를 잡아갔다. 마차는 종종 인력거가 되기도 했고, 반짝이는 달을 가로지르며 나는 하늘열차가 되기도 했으며, 평범하고 수상한 승합차가 되기도 했다.

주로 승합차에 가둬진 향자는 창밖을 통해 멀어지는 마을 풍경을 바라보며 드디어 자신이 체포되었음에 안도했다.

눈이 그칠 줄 모르고 펄펄 내리던 날, 향자는 눈을 뚫고 걸어가 미자가 살던 집에 찾아갔다. 미자의 장례가 끝이 난 후였다.

그 작은 집에 아주 많은 역사가 있었다. 그것만큼은 눈이 못 덮었다. 물론 하늘이 어느 날 지나치게 가혹해져서 세상 모든 나약한 건물을 무너뜨릴 만큼 거센 눈을 땅에 선사한다면, 미자의 집은 무너질 수도 있었다. 책상 형태의 재봉틀이 눈에 덮일 수도 있었다.

향자는 재봉틀 끝에 붙은 작은 바퀴를—핸들같이 생긴 것을—손가락 끝으로 괜히 건드려보았다.

자동차 한 대가 멈춰 서는 소리가 들린 것은 그때였고, 향자는 고개를 돌려 문밖으로 걸어 나갔다.

혜란이었다.

"아이고, 향자 할머니 오셨어요." 혜란이 말할 때마다 입김이 흘러나왔다. "눈도 많이 내려서 위험한데."

"느닷없이 와서 미안해." 향자가 말했다.

"문이 잠겨 있었으면 어쩌려고 이 추운 날에 갑자기 찾아오셨어요?" 혜란이 물었다.

"그럼 돌아가려고 했지."

"그러다 감기 걸리세요." 혜란이 부엌으로 들어가며 목소리를 높여 말했다.

"너는 여기서 계속 살 거냐?"

"그러고 싶은데, 점점 무너지는 게 느껴져요." 혜란이 커피포트의 플러그를 누런 벽지 속 콘센트에 꽂으며 말했다.

향자는 집을 둘러보며 생각했다. 이곳에서 미자와 무엇을 했었는지를. 어떤 대화를 나눴었는지를. 어떤 슬픔을 나눴었는지를.

그러니까 미자가 살아 있었을 때.

"요양원에 들어가려면 얼마가 필요하냐?" 향자는 머릿속의 너무 많은 슬픈 생각들을 휘휘 날려 보내며 물었다. 안 그래도 그것을 혜란에게 묻고 싶던 참이었다.

자개장 문을 열고 향자가 평소 좋아하던 과자 봉투를 꺼내며 혜란이 답했다. "음, 그건 요양원에서 설명드릴게요. 종이 보여드리면서."

"입소 조건은 뭐야?"

"보호자가 있어야 해요. 동생분이랑은 연락하세요?"

"가끔."

"그럼 동생분이 하시면 되겠네요. 눈 그치면 입소하세요. 동생분께 배 타고 건너오시라 하고."

"왜 눈 그치면 입소하라고 그러냐?"

"눈 내리면 배 타기 위험하잖아요."

"그건 그렇지."

"전화로도 될 거예요. 상황이 특수하니까요." 혜란이 쟁반 위 찻잔에 끓은 물을 붓고 티백을 넣은 다음 미리 꺼내놓은 과자 봉투까지 쟁반에 올리며 말했다. "입소하면 갑갑하실 수도 있어요."

"이미 충분히 갑갑해."

그때까지만 해도 어쨌든 향자는 혼자 걷거나 생활을 해결할 수 있었다. 눈이 덜 내리는 날이면 향자는 혼자 버스를 타고 시내 밖으로 나가 미자가 있는 납골당으로 가기도 했다. 혜란의 도움 없이, 그때까지는, 향자는 모든 것을 할 수 있었다.

그렇게 시간이 흘렀고, 향자는 몇 발짝 걷기만

해도 숨이 찼다. 이제 조금만 더 버티면 미자를 다시 만날 수 있다고 향자는 생각했다.

어쨌든 향자는 꼬박꼬박 미자를 만나러 갔다.

그날 향자는 미자를 만나러 납골당에 도착한 다음 미자와 인사를 나눈 뒤 집으로 돌아가려고 했을 때, 도저히 집까지 향할 기력이 남아 있지 않음을 알았다. 그래서 혜란이 사준 휴대폰으로 혜란에게 전화를 걸어 "나를 찾아와달라"고 말했다.

혜란이 차를 끌고 납골당 앞까지 오는 동안, 향자는 야외 벤치에 혼자 앉아 훌쩍훌쩍 울었다. 방금 전까지 거뜬히 걸었던 거리를 걸을 수 없게 되었다는 사실이 서글펐기 때문이다.

미자의 집으로 갈 때마다 반드시 지나쳐야 하는 공터가 있었다. 그 공터에서 남매가 연을 날리곤 했다.

연을 날리는 아이들은 향자의 눈에 작은 정령처럼 보였다. 그들은 물레를 돌려 실을 운행했고 연을 운행했으며 향자의 시선을 운행했다. 향자는 잔잔한 바람을 따라 연이 이리저리 평화롭게 흔들리는 것을 바라보았다. 공터 아이들의 눈길 끝에는 언제나 새가 있었고,

그 새는 고고하고 자유롭게 날갯짓했다.

두 정령이 연 날리는 행위를 통해 무엇을 보살 피고 있는지는 알 수 없었다. 중요한 것은, 향자의 눈에, 그들이 연을 날릴 때 세상이 여러 겹으로 부드럽게 쪼 개졌다는 것이다. 혹은 하나의 살아 있는 덩어리가 되 어 그들을 감싸안았다는 것이다. 그럼에도 향자는 그들 이 기다랗고 가느다란 실 끝의 연을 높이높이 띄워 올 림으로써 세상과 분리되고 있는 것만 같다고 생각했다. 혹은 그 어떤 순간보다 확고하게 세상과 한 몸이 된다 고 믿었다. 오직 선 하나를 통해서.

원형을 그리며 돌아가는 물레를 보며 향자는 미 자가 운행하던 재봉틀의 바퀴를 떠올렸다. 미자는 바퀴 를 돌려 바늘을 운행했고 재봉틀을 운행했으며 향자의 마음을 운행했다. 향자는 미자의 집에서 책을 읽다 말 고, 멍하니 재봉질을 하는 미자의 모습을 바라보았을 때처럼 하늘에 길쭉한 선을 긋는 정령들의 풍경을—한 폭 그림 같던 그 광경을—바라보았다. 그때 향자는 어 째서 자신이 그런 운행의 장면에 매혹되는지를 스스로 의아하게 생각하면서도 눈을 떼지 못했다. 방과 하늘과 바다에 놓인 천과 실과 선을 따라 세상이 작동되고 있었다.

소나기가 내린 것은 그때였다—두 정령이 연을 날리고, 향자가 두 정령을 몰래 훔쳐보고 있을 때.

두 정령은, 아니, 두 아이는 연을 품 안에 감싸안으며 나무 그늘 속에 몸을 숨겼다. 다른 나무 뒤에 어린 혜란이 숨어 있는 줄은 꿈에도 모르고.

향자는 자리를 떴고 집으로 돌아가는 길에 두 아이의 어머니와 마주쳤다. 어머니는 우산 하나를 쓴 채 작은 우산 두 개를 다른 손에 쥐고 있었다. 비에 젖은 생쥐 꼴인 자기 모습을 보고 이 여자 역시 마을 사람들과 이러쿵저러쿵 떠들겠다는 생각이 든 향자는 어서 그 여자를 피해 가고자 걸음을 재촉했다.

뒤에서 두 아이의 어머니가 향자를 부른 것은 그때였다. "저기요, 아주머니. 우산 하나 쓰세요."

그날 이후로 향자는 두 아이와 안면을 트고 지냈다. 종종 향자의 집으로 지애가 심부름을 왔는데, 그럴 때면 지애의 손에는 남매 어머니가 만든 빵이 들려 있곤 했다. 젊은 여자라서 그런지 빵을 굽나 보다, 향자는 생각했다.

향자의 생각에, 지애와 지환의 어머니는 맨정신

으로 견디기 힘든 불행을 견디기 위해 타인에게 좀 더 베풀고 사는 길을 선택한 것 같았다.

지애의 빵 심부름은 오래오래 계속되었다.

어느 날, 빵을 건네고 훌쩍 집으로 돌아가려는 지애에게 향자는 집에 들어오라고 말했다. 지애는 순순히 집에 들어왔다.

"갖고 싶은 책이 있으면 말해보아."

지애는 우뚝 서 있는 책꽂이의 책들을 한참 둘러보다가 고개를 돌려 향자를 바라보며 말했다. "할머니는 이거 다 읽으셨어요?"

"응, 나는 다 읽었지."

"대단하시네요." 지애가 말했다. 향자는 지애가 어딘가 어린아이 같지 않다고 생각했고 그 생각 때문에 마음이 괴로워졌다.

"읽고 싶은 거 있으면 말해도 돼. 다 줄 수 있어."

그러자 지애는 다시 한참을 말없이 저벅저벅 걸어 다니며 책꽂이를 구경하기 시작했다. 얼마 동안 침묵이 있었다.

"할아버지도 이 책들을 다 읽으셨어요?" 지애가 침묵을 깨고 향자를 돌아보며 물은 것은 그때였다.

향자는 당황하여 지애를 바라보았다. 그리고 한 박자 늦게 대답했다. "아니."

"음, 그렇군요." 지애가 조용히 중얼거렸다.

잠시 침묵이 있었다.

침묵을 깬 것은 지애였다. "저희 아버지도 책 읽는 걸 싫어했어요. 그런 건 피부 허여멀건 샌님들이나 하는 짓이라고 했죠."

"그랬구나."

그때 지애가 책꽂이에서 책 하나를 꺼냈다. 향자는 지애가 꺼낸 책을 멀거니 바라보았다. 아이가 읽기에는 어둡고 어려운 책이었다.

"책 고맙습니다." 지애는 꾸벅 인사한 후 향자의 집을 떠났다.

그 후로도 지애는 주기적으로 향자의 집에 들렀다. 그렇게 가져간 책만 수십 권은 되었을 것이다.

성인이 된 지애는 마을을 떠났다가 어머니의 병세가 심해졌을 때 잠시 마을에 돌아왔다.

남매 어머니의 장례식이 열렸을 때, 향자는 장례식 바깥에서 한참을 서성이다가 집으로 돌아왔다.

거동이 어려워진 향자는 요양원 입소를 결정했다. 날이 풀리는 시점이었고, 마을 곳곳에 푸른 잎이 자라나는 게 보였다.

내일 혜란이가 찾아온다. 아침 8시. 8시 30분이었나? 요즘은 나도 기억이 가물가물해. 책 읽는 것도 힘들고.

8시부터 준비하자.

미자가 요양원에 들어간 후부터 향자는 일기를 쓰지 않았다. 대신 혼자서 아주 많은 생각을 했다. 그리고 잊지 않아야 하는 중요한 것은 혜란이 사준 수첩에 메모했다. 메모의 내용은 아래와 같았다.

아침 8시까지 혜란이.

챙길 것: 가방 하나.

가방에 든 것: 옷, 책, 화투.

혜란이에게 구해달라고 부탁: 연필 여러 자루.

요양원 입소일을 하루 남겨두고 향자는 지애와 지환의 가게에 방문했다. 바다 앞 백반집이었다.

그날 가게에는 지환뿐이었다. 향자는 백반을 주문했고, 그러자 지환은 자리에서 일어나며 티브이를 튼 뒤 채널을 몇 번 돌려주었다.

백반이 준비되는 동안 향자는 티브이에서 흘러

나오는 드라마를 멀거니 바라보았다. 지환은 향자를 배려했던 게 분명했다. 티브이에서는 중년이나 노년의 여자들이 좋아할 법한 주말드라마가 상영 중이었다. 향자는 그것이 대단히 재밌지도 않았지만 딱히 싫지도 않아서 멍하니 그 드라마를 바라보고 있었다.

"식사 나왔습니다."

지환이 말했다. 평범한 백반이었다. 향자는 숟가락을 들어 밥을 한 숟갈 떠먹은 뒤 천천히 느리게 씹으며 젓가락을 들었다. 그리고 계란말이를 반으로 쪼개 입에 집어넣었다. 이제 씹는 것도 힘이 든다고 향자는 생각했다.

"아, 저희 죽도 되는데. 죽으로 드릴 걸 그랬나요?" 지환이 입을 열어 향자에게 물은 것은 그때였다. 향자는 말없이 고개를 좌우로 저었다.

밥을 다 먹을 때까지 그날 가게에 지애는 모습을 드러내지 않았다. 향자는 지환에게 지폐 몇 장을 주고 동전 몇 개를 받은 뒤 가게를 빠져나왔다. 그리고 천천히 숨을 고르며 바닷가까지 걸어갔다. 저 멀리 우뚝 서 있는 지애가 보였다.

지애는 파도를 타고 있었다. 그 광경은 젊고 생

생했고 고고했다. 향자의 생각에, 하여간 지애는 어딘가 꼿꼿한 면이 있는 여자였다. 향자는 언젠가 지애가 배를 몰아도 잘 몰겠다고 생각했다. 바다와 관련된 업이라면 지애는 무엇이든 소질이 있을 것 같았다. 그야 천성이 묵묵하고 담대하니까. 뭐든 어떻게든 살아내니까.

파도를 타는 지애의 모습으로부터 미자를 떠올린 것은 그때였다.

발을 한 번 굴려서 페달을 밟고. 왼손으로 천을 매만지거나 움직이는 동안, 다른 손으로 재봉틀 오른쪽에 달린 바퀴를 돌리고.

지애가 서핑을 마치고 온몸에 묻은 물기를 탈탈 털며 가게로 돌아가고 나서야 향자는 모래사장에 모습을 드러냈다.

향자는 바다를 향해 걸어갔다. 천천히, 천천히. 아주 느리게.

무언가 위험한 짓을 할 마음은 없었다. 다만 요양원에 들어가기 전에 첨벙첨벙 놀고 싶었다—정말로 그뿐이었다. 미자는 살아생전 물을 싫어했고, 마을 외곽에 있는 주민센터 수영장에 혼자 다니는 것은 향자 생각에 재미가 없을 것 같았다.

바다, 막 시집왔을 때는 최 씨의 기에 눌려 들어가보지를 못했고 아이를 다 키우고 나서는 또 함께 들어갈 사람이 없었다. 혜란은 물에 대한 미자의 공포를 물려받아 물놀이를 그다지 좋아하지 않았다. 그렇다고 혼자 들어가기는 엄두가 안 났다. 그게 뭐라고, 혼자 바다에 들어가서 미친 여자 소리를 들을까 봐 걱정되었다. 해녀도 아니면서 저 여자는 뭐 하는 짓이야? 그런 소릴 들을까 봐 움츠러들었던 것이다.

그리하여 마을 천지에 물이 있는데도 향자는 한번을 제대로 놀아본 적이 없었다. 향자는 그것이 억울했다. 신에게 배상받아야 한다고 생각했다.

바다 앞에 멈춰 선 향자는 몸을 풀기 시작했다. 그리고 신발을 벗은 뒤 바다로 찰박찰박 걸어가 발을, 발목을, 종아리를 담갔다.

남매가 큰 소리로 "향자 할머니!" 외치며 달려온 것은 그때였다.

향자는 깔깔 웃으며 남매에게 외쳤다. "나는 괜찮아. 여기는 그리 깊지도 않아." 향자는 자신이 낼 수 있는 가장 큰 소리로—해맑게 웃으며—그들에게 외쳤다. "나는 정말 괜찮아. 그냥 놀고 있는 것뿐이라니까."

그러나 남매는 정신없이 달려왔다. 두 사람의 표정에 모두 놀란 기색이 역력했다. 지애는 망설임 없이 물에 들어가며 양손으로 향자의 양팔을 붙잡았다. "이게 뭐 하는 짓이에요?" 그것이 지애가 마을로 돌아온 뒤 둘이 처음 대화를 나누는 순간이었다.

"아니, 왜 그러는 거야? 여긴 그리 깊지도 않다고." 웃는 얼굴의 향자가 물속에서 다소 휘청거리며 말했다. "너희도 다 바다에서 놀잖아."

"아니, 할머니. 위험해요." 지애가 힘주어 향자를 붙잡으며 말했다. "위험하다고요. 아시겠어요? 바다가 어떤 곳인지 아세요?"

"너도 방금 전까지 놀았잖아." 향자가 온 얼굴에 웃음기를 머금은 채 말했다. "왜 나한테만 그러는 거야? 왜 이리들 유난이야?"

지애를 뒤따라 달려온 지환은 모래사장에서 숨을 몰아쉬며 지애에게 말했다. "누나, 데리고 나와. 혜란이에게 연락하자."

"할머니, 나오세요." 지애가 팔을 둘러 향자를 감싸안아 힘주어 끌면서 말했다. "다시는 이런 짓 하지 마세요. 저기 봐요, 관광객들도 쳐다보잖아요."

"왜들 이렇게 요란이야? 너희가 헐레벌떡 달려 오지만 않았어도 되는 거잖아."

"무슨 소리예요? 할머니가 혼자 바다로 걸어가는 내내 사람들이 다 쳐다봤는데." 지애가 인상을 쓰며 말했다. "저희 집으로 가요. 갈아입을 옷 드릴게요."

향자가 끌려가며 중얼거렸다. "나 참, 별일도 아닌데 말이야……."

어린 혜란이 선물한 옥색 반지는 향자의 그 어느 손가락에도 딱 떨어지게는 맞지 않았고, 미자는 재봉틀 앞에 놓여 있던 기다란 실을 하나 꺼내 왔다. 그리고 원형의 반지 사이로 길쭉하게 실을 통과해 목걸이를 만들었다.

미자가 두 손으로 실의 양 끝을 쥔 뒤 목걸이를 허공에 들어 올리자, 둥근 반지는 저쪽까지 이동했다가 다시 이쪽으로 왔다가, 다시 저쪽으로 멀어졌다가 다시 이쪽으로 돌아왔다.

미자는 향자의 뒤에서 실을 묶어주었다.

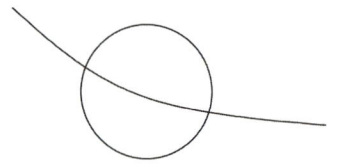

목걸이를 착용하고 집으로 돌아오는 길에 향자는 공터를 스쳐 지나가야 했다. 그날 그곳에는 아무도 없었다. 연 날리는 남매도.

그로부터 아주 많은 시간이 흘렀고, 향자는 실을 잃어버렸다. 그러나 반지는 잃어버리지 않고 잘 보관해두었다.

살아생전 향자가 까맣게 잊고 지내던 반지를 다시 떠올린 것은 그날이었다. 아침 8시 혹은 8시 30분에 혜란이 도착하던 날.

그러니까 그날 향자가 적었어야 하는 정확한 메모의 내용은 아래와 같다.

가방에 든 것: 옷, 책, 화투, 반지.

입소 후 향자를 찾아오는 손님은 없었다.

혜란은 향자가 덜 고독한 끝을 맞이할 권리가 있다고 생각했다. 동시에 혜란은 향자가 더 명랑한 생을 살 권리가 있었다고도 생각했다. 이를테면 파란 수영복을 입고 분홍색 튜브를 타고 바다를 누빌 권리 같은 것이.

요양원에 젊은 아이 하나가 일을 도우러 다니기 시작한 것은 그즈음이었다. 그 아이는 비교적 천진했고 마을의 역사를 이제 배우기 시작한 단계였으며 불태워진 일기장들에 대해서는 아무것도 몰랐다.

"청소를 해본 적이 없나 봐요. 걔가 청소하고 나면 다시 해야 돼요." 혜란이 향자의 침대 끝에 걸터앉아 말했다.

"나름 열심히 해. 반지도 주워줬어."

"반지요? 무슨 반지?"

향자는 어깨를 으쓱했다.

"애한테 화투는 왜 가르쳐요?" 혜란이 주제를 돌려 물었다.

"재밌잖아." 향자가 깔깔 웃으며 답했다. 오래간만의 웃음이었다.

아이가 남매의 가게에서 지낸다는 사실을 알게 되었을 때는 책을 주어야겠다고도 생각했다. 돌고 돌아서 지애와 지환이 그 책을 펼쳐 볼 일이 생길지도 몰랐다. 물론 책을 읽은 후에 자신을 용서할지 혹은 용서하지 않을지는 남매의 몫이라고, 향자는 생각했다.

책을 집필한 것이 향자는 아니었다. 한평생 향자가 쓴 것은 일기, 편지, 메모, 잡다한 서류가 다였다. 따라서 그건 향자 나름의 도박이었다. 책꽂이 속에서 어떤 우연한 책을—자신의 생과 실은 전혀 관계없는 어떤 책을—집어 들어 흔적을 남겨놓는 것. 밑줄 친 문장들이 우회적으로 무언가를 폭로하길 기도하는 것. 신조차 검열할 수 없는 방식으로 노름하는 것.

아니, 어쩌면 그건 단지 겁먹은 영혼의 쇠약하고 소심한 자백이었다.

아니, 어쩌면 그건 세상의 그 무엇보다 책이 되었어야만 하는 종이들을 불태우며 살아온 노인의 자유로운 손짓이었다.

물결을, 일렁일렁 춤추는 물결을 그리는 것.

향자가 잠이 늘어난 것은 아이에게 책과 반지를 선물한 후였다.

잠에서 깨어날 때면 향자는 습관처럼 혜란을 찾았다. 그리고 이런 소리를 했다. "나는 바다에 뿌려지고 싶어."

혜란은 답하지 않고 향자의 이불을 매만졌다. 구겨진 곳이 펼쳐져 향자를 잘 덮어줄 수 있도록.

향자의 기억에 남매는 바다를 몹시 좋아했다. 조금 더 걸어야 나타나는 항에서 어부인 아버지를 따라 배를 타기도 하였고, 파도가 잔잔한 날에는 모래사장에서 첨벙첨벙 놀기도 하였다. 주변 환경을 따라 변화하는 식물들처럼 향자의 눈에 남매도 바닷가라는 장소의 성정에 맞추어 삶의 기쁨과 즐거움을 터득하고 있는 것만 같았다.

그런 남매가 바다를 잠시 내외했던 것은 최형원이 바다에서 죽었을 때였다. 그들은 삶의 기쁨과 즐거움을 박탈당했고 자유와 추억을 도둑질당했으며 바다라는 어마어마하게 넓은 공간을—지구의 대부분을 차지하고 있는 그 드넓은 터전을—상실하고 말았다.

그러니 다시 시간이 흘러 남매가 좀 더 자랐을 무렵 서프보드를 끌고 바다로 향하는 모습을 우연히 보았을 때 향자는 안도했었다.

그 모든 기억은 향자의 꿈속에서 뒤죽박죽 섞였다. 향자는 아주아주 어리고 조그마한 남매가 근사한 모습으로 서핑을 하는 꿈을 꾸었다.

　　자신과 미자가 몹시 능숙하게 서핑을 하는 꿈도 꾸었다.

　　서프보드를 타고 망망대해를 항해하는 꿈도 꾸었다.

　　그러던 어느 날 깊은 잠에서 깨어났을 때, 향자는 보드 위에서 끝내주는 낮잠을 자다 일어난 것처럼 온몸이 가뿐한 것을 느꼈다.

　　이상한 것은 요양원이 몹시 고요했다는 사실이었다. 모두 외출을 나갔는지 눈앞의 침대들은 텅 비어 있었다. 향자는 이불을 젖히고 일어나 엉거주춤 침대에서 벗어났고, 옆에 세워둔 휠체어에 올라탔다.

　　복도에도 홀에도 사람들은 없었다.

　　향자는 아주 천천히 느리게 홀의 끝에 다다랐고, 엘리베이터 버튼을 눌렀다. 노인들이 함부로 위험하게 바깥으로 나가는 일을 방지하기 위해 본래는 작동하지 않던 엘리베이터였다. 그러나 그날은 모든 것이 매끄럽게 운행되었다. 향자는 엘리베이터를 타고 일 층으로 내려갔다.

　　요양원 앞에 승합차가 한 대 세워져 있었다. 알싸한 냄새가 풍겼다. 향자가 가까이 다가가자 승합차 안에서 두 사람이 내렸다. 두 사람은 향자를 조심스럽게 부축해주었다. 향자는 힘없는 다리로 느리게 느리게 걸어 차에 올라탔다.

차가 출발했고, 잠시 후 창밖으로 가게 문을 열고 있는 지애가 보였다. 지애는 잠이 덜 깬 듯 몽롱한 얼굴로 하품을 쩍 했다.

그 모습을 보고 향자도 하품을 쩍 했다. 그리고 혼자 웃었다.

그러자 창밖으로 미자의 집이 보였다.

재봉틀이 보였다.

주홍빛 노을 깔린 하늘 아래 짙푸른 바다가 보였다.

주름진 손이 보였다.

흰 눈에 온통 덮인 마을 풍경이 보였다.

어디서부터 밀려왔는지 모를 거대한 파도가 보였다.

새가 보였다.

지애는 아침잠이 적은 편이었고, 꼭두새벽부터 가게 문을 열어두는 것을 좋아했다. 어찌나 이른 시간

부터 문을 여는지, 지애가 가게 문을 열 때 마을 거리는
언제나 걸어가는 사람이나 지나가는 자동차 한 대 없이
고요했다.

들려오는 것은 파도 소리뿐이었다.

언제나 그랬다.

파도 소리가 세상을 가득 메웠다.

고요를 밀어내며

몹시

떠들썩하게.

에세이

슬픔에 관한 소회

슬픔을 달래러 떠나곤 했다.

섬에서 또 다른 섬으로 이동하는 선박에서 갈매기를 바라보거나, 땡볕 아래 해변부터 차가운 바닷물까지 서프보드를 끌고 걸어가거나, 바다 곁에 모로 누워 파도를 바라보거나……. 여행을 하고 나면 이상하게 굿이라도 한 것처럼 홀가분한 기분이 되곤 했다. 일종의 살풀이랄까?

아주 오래전의 어느 겨울날이었다. 폭설이 내린 직후의 강원도 도시에서 폐역을 구경하겠다고 언덕진 도로를 걸어 올라간 적이 있었다. 바람이 불 때마다 활처럼 굽은 나뭇가지가 푹푹 쓰러지며 눈발을 쏟아냈는데, 그 광경이 퍽 스산하고 아름다웠다. 폐역에 도착하자 관광객을 위한 방명록 수첩이 보였고, 그걸 별생각 없이 팔랑팔랑 넘겨 보다가, 나도 뭔갈 적으려고 하다가, 그만두었다. 그런데 그 폐역으로 가던 길과 폐역의 풍경은 그 이후로 내내 머릿속에 남아 내게 나를 쓰라고, 나의 역사를 기록하라고 명령해왔다.

그런 종류의 명령을 하는 기억들이 있다.

명령을 받으면, 나는 쓴다.

내게는 쓰기도 일종의 살풀이인데, 사실 여행이나 씀을 통해서—이 기묘한 살풀이를 통해서—다음 단계로 진입할 수 있는 것은 아니다.

아무래도 생은 단계별로 살아갈 수 있는 게 아닌 듯하다. 슬픔이나 울분이나 딱히 어떻게든 홀가분하게 졸업할 수 있는 게 아닌 것 같다. 그러니까 생이란 건 차곡차곡, 한 줄기의 명확한 계단처럼, 혹은 일자로 죽 이어지는 트랙의 형태가 아닌 것 같다는 말이다.

어린 시절의 나는 생이란 것에 어느 정도 단계가 있기를 소망했다. 그런 식으로 사고하면 어떤 슬픔이든, 종착역으로 향하기 위해 스쳐 지나가는 역이 되기 때문이다. 종착역이란 게 죽음에 대한 적확한 은유는 아니다. 실은 정체도 불분명한 그 종착역을 위하여, 그 미지의 성취를 위하여, 나는 내 슬픔들이 생의 다음 단계를 위한 일종의 낮은 계단이기를 바랐다.

아무래도 그랬었던 것 같다. 그때는 자각하지 못했지만.

어느 순간부터 생이 그런 식으로 작동되는 게 아닌 것 같다는 생각이 들기 시작했다. 그런 식으로 작동시키려고 굴거나 노력하는 것이 무의미하다는 생각도 했다. 내게는 이걸 받아들이기 위한 시간이 필요했다.

냉소와 허무의 덫에 빠질 위험도 있었다. 사실 냉소와 허무야말로 가장 쉬운 길이니까. 모든 것을 쿨하게 조소하는 것만큼 간편한 건 없다. 그건 용감한 길이 아니다. 아무튼 고백하자면, 나는 다소 냉소적이 되기도 했고 허무에 빠질 뻔하기도 했다.

나를 가장 힘들게 한 것은 이와 같은 생각이었다:슬프게도, 생은 직선적이거나 선형적으로 굴러가지 않는다. 생은 예측할 수 없고, 통제할 수 없으며, 확고하게 규정하기 어렵다.

말하자면, 슬픔은 낮은 계단이 아니다. 우리는 누구나 슬픔을 밟고 다음 단계로 넘어가는 동시에 무엇을 밟아왔는지 새까맣게 잊어버리기를 다소 기대하지만, 그것은 불가능하다. 슬픔은 생의 전반에 녹아든다. 위풍당당한 리더들은 이를 부정할 것이다. 그리고 세상의 일꾼들이 슬픔과 우울을 하루아침에 퍼뜩 극복하고 원만하게 출근하기를 고대할 것이다. 매일매일.

세상의 많은 예술가나 예술 애호가가 흔히 벌이는 실수처럼, 우울감에 과도하게 몰입하거나 슬픈 자신에 취하는 일을 예찬하려는 것은 아니다. 슬픔을 매번 의식해서 습관적으로 들여다보는 것은, 자기도취에 빠지는 일처럼 보인다.

내가 하고 싶은 이야기는 아무리 건강하게 살려고 노력하고 또 노력해도 해결되지 않는 슬픔이 있다는 것이다. 내게는 이것을 받아들이는 시간이 필요했다. 그런 걸 곧장 해결하려고 노력한다고 해서 해결이 되기는커녕 더 심란해지기만 할 수 있다는 사실을 받아들이는 시간이.

슬픈 사람은 누구나 한 번쯤 신을 찾는다.

새벽 산책이었다. 잠이 오지 않아 나간 것이었다. 캄캄한 사위 속에서 불을 밝히는 창문이 하나 있었다. 새벽기도 중인 교회였다. 그때 내가 정확히 무슨 생각이었는진 모르겠다. 나는 개신교신자도 아니면서 무언가에 홀린 듯이 계단을 올랐다. 문을 열자 얼마 되지 않는 신자들이 듬성듬성 자리에 앉아 기도하고 있었다.

조용히 구석 자리에 앉았던 나는 외우는 기도문도 없었고 당연히 성경도 갖고 있지 않으므로, 멍하니 눈앞의 십자가를 바라보았다. 아무도 내게 말을 걸지 않은 덕분에 얼마간 그렇게 앉아 있었다. 그것이 무척 좋았다.

물론 내가 작품에서 이야기하는 신은 다소 관념적이고 추상적인 것이다. 내가 신에 대해 말하는 방식을 신자들은 다소 환영하지 못할 수도 있겠다. 분명한 사실은, 나는 신자들에게 알게 모르게 은혜를 받으며 살아왔다는 것이다. 그날 새벽 예배의 신자들부터 해서 여기에 대뜸 쓰기는 다소 난감한 어떤 사적인 인연들까지. 개신교든지 천주교든지 여하간 종교의 신자들은, 늘 그런 것은 아닐 테지만, 대책 없는 베풂과 능동적인 선함에 아주 능할 때가 많았다. 감사했다는 말이다. 물론 비뚤어진 신념은 문제적일 것이다. 더 집요한 방식으로 남을 괴롭힐 수도 있을 것이다.

내가 의지한 종교에는 불교도 있다. 아주 작고 남루했던 사찰에서 백팔배를 드려보기도 했다. 사찰의 스님께서 선뜻 건네주신 염주를 손가락으로 돌려가며 백팔 번 절을 했던 것이다. 이것도 십 년 정도 지난 일인데, 뭐가 그리 절박했냐고 누군가 묻는다면 답하기는 또 멋쩍다. 그럴싸하게 포장해본다면 그때의 나는 고(苦)가 끝나기를 빌었던 것 같다. 부처는 소원을 들어주는 존재가 아니고, 아주 많이 절을 한다고 해서 내 인생의 무언가가 달라지지 않으리라는 건 그때도 알고 있었지만, 바다에 가는 마음으로 산을 오르는 마음으로 긴 글을 정신없이 쓰는 마음으로 절을 했던 것 같다.

나는 '젊은것'들이 슬픔과 고뇌가 조롱거리로 전락한 이 세상에서 진지한 시간을 제때 허락받지 못하고 허둥지둥 바쁘게 살아가다 어느 날 대단히 무너진다고 생각한다. 평상시 '젊은것'들은 대개 가벼워 보이지만, 이것이 우리가—혹은 우리보다 어린 '어린것'들이—고통받고 있지 않다는 것은 아니다.

아무튼 살아 있는 이상 고는 끝나지 않을 테니

어떻게든 이것과 함께 잘 살아보려는 마음을 키우는 게 낫겠다는 생각을, 동시에 이것과 함께 어떻게든 사는 방식을 연마하는 게 낫겠다는 생각을, 근래 들어 점점 더 많이 하고 있다.

슬픔과 어떻게 함께 살아갈 것인가?

슬픔은 그 누구도 초대할 수 없는 비밀스럽고 사적인 집의 벽지에 묻은 얼룩과 같다. 이때 벽지는 교체 불가능하며, 집을 옮기는 일도 변변찮다. 이 집은 각각의 영혼이 신에게 배당받은 것이기 때문이다. 솔직히 고백하자면, 나는 매일 얼룩을 들여다보는 편은 아니다. 오히려 모른 척할 때가 더 많다. 그 방법은 일단 침대에서 일어나 그날의 일정을 수행하는 것이다. 이를테면,

집에서 글 쓰거나 책 읽기.

집안일하기.

학원 출근하기—아이들과 부대끼다 보면 하루가 쑥 끝난다.

친구들을 만나 우스운 이야기를 주고받으며 엄청 웃기—세속적인 세계는 번잡하고 시끌벅적하며 거부할 수 없이 포근한 면이 있다.

예약한 필라테스를 다녀오기.

물론 고양이를 돌보고 사랑하는 것은 매일매일의 필수적인 일정이다!

내가 다소 천연덕스럽고 일상적으로 굴고 있으면 슬픔은 조금 잠잠해지고, 얼룩은 초점 바깥으로 쫓겨난다.

생각을 생각으로 해결하려고 하는 건 금물이다. 그렇게 굴면 걷잡을 수 없이 상념들이 확장될 뿐이다. 말하자면, 상념을 해결하려고 하기보다는 풀어내는 것이 중요하다. 그러나 그것의 목적이 생산과 효율은 아니다. 아무리 생각해도, 심신을 달래거나 다스리는 일은 생산과 효율을 목적으로 해서는 안 된다.

간단히 이야기해보겠다: 슬픔은 종종 질병이 된다. 질병은 생산적인 결과를 낳지 못하며, 이는 효율적으로 해결할 수 있는 문제도 아니다.

나는 슬픔과 함께 잘 살아보기 위해 세상의 일꾼이 되기를 자처한다. 잠에서 깨어나면서 글을 쓰면서 약속 장소에 가면서 운동과 노동을 하면서 세상의 일꾼이 되기를 자처하는 것이다. 이것은 위풍당당하고 휘황찬란한 리더들을 위한 것이 아니며, 파도 한 점 일으키지 못하는 나의 아주 작은 생을 완수하기 위한 것이다.
내 생은 거대한 공장도, 기업체도 아니다(그런 게 될 수 있지도 않고, 그런 게 되고 싶은 마음도 없으며, 그 무엇보다, 그런 게 굳이 되어야 할 필요도 없다). 내 생은 하나의 서프보드, 침대 아래 숨은 반지, 민무늬의 우산과 같다. 단지 자유롭고, 떼굴떼굴 명랑하고, 주어진 생에 충실하기를.

그러나 어떤 날은 괜히 얼룩에 눈이 가기 마련이다. 이 비밀스럽고 사적인 집에는 마술적인 능력이 있어서, 종종 얼룩은 집 전체를 덮는다. 그럼 나는 얼룩에 압도되어, 아니, 슬픔의 집에 감금되어 일정을 잊고 소파에 앉아 콧노래를 흥얼거린다.

아무래도 일상에 충실한 것은 최선책이지 궁극적 지향점이 아닌 것 같다. 그렇다면 슬픔에 있어서 궁극적 지향점이란 게 뭘까? 그런 게 존재하기는 할까? 그냥 이렇게 대부분의 날을 꿋꿋이 모른 척하다가, 어떤 날은 깊이 사로잡히고 허덕이면서, 그냥 영원히 내 집에 모시고 사는 거 아닐까?

슬픔과 어떻게 함께 살아갈 것인가.
그에 대한 답으로, 방금 나는 일상에 충실해지

는 것을 이야기했지만, 기실 그 반대도 기필코 이야기 되어야 한다.

슬픈 인간에게는 일상과 세상으로부터 분리되어 평온하고 자유로워지는 시간이 필요하다. 내면의 세계에 몰입함으로써 고뇌에서 해방되는 시간. 단순하게 말하자면 명상하는 시간. 생각을 지우는 시간.

내가 사랑했던 단어 '고요'는 이 자유로운 시간에 태어나는 내적 평정심을 표현하기 위한 적격의 어휘다. 더 명확하게 말해서, 나의 고요는 이 혼란한 세상에서 미쳐버리지 않기 위한 최소한의 안전장치다. 고백하기를, 나는 이 단어를 들여오며 가장 먼저 나를 해방시키고 싶었고, 내 어머니와 할머니들을 해방시키고 싶었으며, 또한 스쳐 만났던 그 사람들을 해방시키고 싶었다.

그 해방이 아주 찰나이더라도.

사적인 이야기를 쓰는 건 언제나 망설여지고 조심스럽다. 이곳은 너무 좁고, 우리는 너무 다닥다닥 붙어 살며, 모두가 한 다리 넘어가면 아는 사이다(서로 되게 피로함). 그러니 돌다리를 두드리며 건너듯이 신중하게 써보겠다.

내 어머니는 현재 노년의 나이를 앞둔 중년의

여성인데, 20대 중반부터 병원에서 간호사로 일하다가 30대가 되면서부터 보건소에서 간호직 공무원으로 근무해왔다. 어머니도 정년퇴직을 앞둔 나이이기에 딱히 몸이 성치 않지만, 최근에 시어머니가 크게 아팠을 때는 간병을 도왔다.

어머니의 시어머니는 내 할머니로, 그 여자에 대해서도 너무 많은 이야기를 할 수 있을 텐데, 간략하게만 하자면 내가 어린 시절에 크게 아팠을 때 나를 들쳐 업고 응급실로 달려가준 이였다. 할머니는 독실한 불교신자셨기 때문에 매일 향을 피우고 기도를 드렸다. 나무아미타불 관세음보살……

어머니의 어머니—그 여자 역시 나의 할머니다—는 독실한 기독교신자셨다. 몇 년 전 사고로 돌아가셨을 때는 일가친척이 모두 교회에서 추모 예배를 했다.

모든 생이 제각각의 이유로 고단했다.

예배 내내 어머니는 울었다. 나는 어머니의 뒷자리에 앉아 있었다.

우리가 단짝 친구처럼 다정하고 친밀한 사이는 아니다. 그러나 부정할 수 없는 계승이 있다. 나는 어머니가 일하던 병원에서 태어났고, 좀 더 커서는 어머니의 보건소를 종종 들렀다.

　　약 십 년 전, 나는 한 시립 요양원에서 아주 짧은 기간 동안 일을 도와드렸는데, 어머니가 봉사하기를 제안한 덕분이었다. 요양원에 도착한 나는 어머니의 동료인 공무원께 안내를 받은 뒤 방문 명단에 이름을 쓰고 출입했다. 그리고 요양보호사께 가르침과 명령을 받으며 가구 청소를 하거나 할머니들의 식사를 도왔다.

　　봉사 시간 동안 나는 솔직히 딴짓도 했다. 복도 구석에서 멍때리다가 다시 슬금슬금 할머니들께로 돌아가기도 했다. 내 마음은 그다지 숭고하지도, 오롯이 깨끗하지도, 대단히 선량하지도 않았다. 어머니의 일터에 가는 일이 심적으로 부담스러웠기 때문에 봉사를 오랜 시간 지속하지도 않았다. 아무튼 누구 말을 충직하게 따르는 것을 좋아하지 않던(는) 나조차도, 마음속에 장난기가 들끓던(는) 나조차도 그곳에서는 엄청난 생의 무게에 한껏 찌그러져서 몹시 얌전하게 굴었다.

　　한 할머니는—그 여자도 나의 할머니라고 내가 감히 불러도 될까?—내게 사탕을 주었고, 말도 걸어주었다. 어쨌든 일하러 온 것이니 자리를 금방 떠야 했기에 잠깐의 대화였지만 그 여자는 다정함으로 나를 돌보

왔다. 유독 상냥했던 할머니였다.

할머니의 사탕은 맛있었다. 무슨 맛이었는지는 이제 기억나지 않는다. 그런데 사탕을 건네주는 할머니의 손을 보면서 내가 속으로 좋아했던 기억은 여전히 생생하다. 할머니가 잘 웃으시는 분이었다는 것도.

요양원에 방문할 때마다 나는 그 할머니께 인사를 드렸고, 할머니는 늘 나를 기억해주었다. 사실 그 할머니께서 다정하고 친절할 수 있었던 이유는 본래 타고난 상냥한 성정 때문만은 아니었다. 할머니는 그곳에서 비교적 정신이 '온전한' 노인에 속했다. 건강이 받쳐주었던 시절에는 친절했을 노인들이 그 요양원에 더 있었을 것이다.

어머니의 직장 동료께서 고단한 목소리로 지나가듯 들려주셨던 말씀이 기억난다. 아침에 일어나 어떤 노인이 세상을 떠났음을 알게 될 때, 그럴 때 마음이 참 괴롭다고.

요양원에 입소한 노인은 시설에서 장기간 생활한다. 그리고 어느 날 세상을 뜬다.

서랍에서 사탕을 꺼내고, 내게 쥐여주셨었는데.

새가 되셨을까.

아니면 파도가.

물론 내 소설은 허구의 이야기다.

나는 소설이란 장르가 허구라는 명분으로 현실의 진면목을 담는 터전인 동시에 무궁한 해석이 가능하도록 은유나 환유의 느슨한 놀이터가 되어야 한다고 믿는다. 문학은 구체적일 수도 추상적일 수도 있다. 빽빽할 수도 여유로울 수도 있다. 그것이 문학의 영특한 면이다. 이와 같은 믿음은 소설에 시공간과 설정의 자유를 부여하는데, 이 자리의 성격에 맞추어—그리고 내가 꺼낸 말들에 최소한의 책임을 지고자—나는 조금 현실적인 이야기를 짚고 가려 한다.

내가 잠깐 방문한 요양원은 시립이었고, 보건소가 직접 운영했으며, 입주를 희망해 대기 명단에 이름을 올리는 사람들이 많은 곳이었다. 그러나 사실 대부분의 시립 요양원은 보건소와 같은 공공기관이 운영하지 않는다. 시에서 설립해 민간 법인이 위탁 운영하는 경우가 대다수다. 내가 방문했던 요양원도 이제는 민간 법인이 운영 중이다. 공공시설의 운영에 대해선 많은 논의가 필요하겠지만, 요양원과 노인돌봄에 대한 책무는 우리 모두가 함께 져야 하는 것이지 보건소만의 몫은 아니다. 보건소 직원들은 이미 상당한 책무를 지고 있다. 코로나 전염병이 창궐했을 때에도 그들은 중노동에 시달렸다.

노인돌봄이 우리 모두의 화두임을 다시 한번 강조하며, 나는 현재 많은 요양원의 상황이 고되고 열악한 실정이라는 것을 이야기하고 싶다. 이는 요양보호사에게도 노인에게도 큰 부담이 되고 있다. 현재 국내 요양보호사의 대다수가 60대이고, 70대의 비율도 상당하다는 점을 고려하면, 어떤 생은 영영 타인을 돌본다고 말할 수 있겠다.

살아만 있다면, 사람은 누구나 노인이 된다. 그런데 많은 사람들은 '노인이 된 나'를 상상하지 않는다. 오늘 하루를 버티는 일만으로 다들 너무 지쳐있기 때문일까? 한 치 앞을 보장받지 못한 '젊은것'과 '어린것'들이 불안과 자괴감에 시달리다 스스로 삶을 저버리는 현실과 맞물려, 세상은 슬픔으로 가득하다……. 비관적으로 굴려는 것이 아니다. 다만 당신의 슬픔이 정당하다는 것, 모든 생이 어떤 식으로든 넝쿨처럼 얽혀 있다는 것, 우리는 앞으로도 더 많은 이야기를 함께 나누어야만 한다는 것을 말하고 싶다. 이건 차라리 낙관적인 발화다. 덜컥 죽지 말고 같이 잘 살아보자는 제안과 포부에 가까우니까. 나의 것과 엇비슷한 슬픔을 짊어지고 사는 당신이 세상 어딘가에 반드시 존재하리라는 기대이기도 하고.

내가 오직 비관적이었다면, 쓰지 않는 삶을 살았을 것이다.

내가 이곳에다가 용기를 내서 기록하고 싶은 것은 다음과 같다: 나의 고요는 세상사와 타인의 슬픔을 방관하기 위한 것이 아니다.

나의 고요는 세상사와 타인의 슬픔을 마주하기 위해 필요한 최소한의 힘을 발생하기 위한 것으로, 이것은 마음속 요람의 근원이 된다. 세상 풍파에 지독히 지친 사람은 내적 요람에서 자기의 심신을 자장자장 달랠 수 있다. 쉽게 말하자. 인간은 취약하고, 사랑하기 위해서도 쉬는 시간이 필요하다.

말하자면 나의 고요는 지독한 수치심에 병들지 않고 미쳐버리지 않으며 충동적으로 죽음을 고려하는 일을 막기 위한 최소한의 안전지대, 즉 내적 요람의 원

천이다. 무릇 나를 돌볼 수 있을 때 타인을 돌볼 수 있을 테니까. 일렬로 늘어선 침대에 모두를 눕혀놓고 그들이 건강하게 연대하기를 바라는 일이 정당할까. 아주 작은 공간에 너무 많은 이를 욱여넣고 그들이 현자처럼 서로 사랑하기를 바라는 것이 정말 정의로운 요구일까. 누구에게나 홀로 쉬는 시간이 필요하지 않을까.

다만 나는 요즘 이런 것이 두렵다:

고요라는 것은 결국 폐쇄적 상태로 왜곡될 수도 있지 않을까.

고요가 과연 긍정적 의미만을 가질 수 있는 걸까? 고요는 과연 절대적으로 긍정할 대상일까? 이런 고민 속에서, 고요가 가질 수 있는 부정적 의미를 이번 소설집에 실린 한 소설의 여기저기에 다소 분명하게 넣어보았다.

다 떠나서 그 어떤 단어도 사적인 생에 귀속되거나 개인의 소유가 될 수는 없는 법이다. 나는 이 글이 방패막이나 면죄부가 되기를 원하지 않는다. 그런 건 내게도 여러모로 비참하고 측은한 일이다. 너무 당연해서 부러 적기도 멋쩍은 이야기지만, 고요라는 것 자체에 대해서는 언제나 더 많은 새로운 함의가 가능할 것이고, 그 어떤 해석도 궁극적이고 절대적인 종착역이 될 수는 없을 것이다.

나는 고통받는 영혼들이 선하기보다는 자유롭기를 바라지만, 이 마음은 최소한의 윤리적 잣대와 투쟁의 갈급함을 부정하고 싶음은 아니다. 그런 뜻일 리가. 그렇게 이분법적이고 단순하게 주장할 리가.

고요는 필경 요란에 빚을 지고 있을 것이다.

아니, 다시 말하자.

고요와 요란은 애초에 영혼의 단짝처럼 공생하는 개념일 것이다.

아니, 이것도 뭔가 마음에 안 든다.

모르겠다, 모르겠어. 생각들이 정리가 안 된다 (혹은 정리하면 안 될 것 같다). 물리적인 시간이 필요하다. 조금 더 천천히 시간을 들여 고민하면서 오래오래 작품들로—혹은 다른 종류의 산문으로—풀어가야겠다.

그 과정에서 나는 사유할 줄 아는 총명한 동료들의 글을 많이 읽기도 할 것이다. 존경할 만한 선생들의 지성을 허락 없이 계승하기도 할 것이다. 정체 모를 사람의 툭 던진 말로부터 자유롭고 뾰족한 영감을 얻을 것이다. 세상 도처에서 보탬과 영향을 왕왕 받을 것이다.

이 연작소설집을 엮으면서도 이미 많은 도움을 받았다. 전욱진 편집자와 안세진 평론가께 감사한 마음을 여기 기록해둔다.

쓰고 싶은 게 많다. 골몰하거나 공부하고 싶은 것도 많다.

올해부터는 공부를 좀 더 많이 할 예정이다. 뭔가 알았다 싶은 마음을 가장 주의해야겠다는 생각이 든다. 나름대로 견고하게 확신하는 순간, 모든 것을 다시 생각하게 되는 순간이 찾아올 테니…….

직관과 공상에 대한 사랑을 끝내겠다는 말은 아니다. 명령을 받고 일단 쓰는 일, 그런 것은 무지하게 황홀한 면이 있다. 그런 의미에서 그때 그 폭설이 내린 폐역에 대해서 언젠가 반드시 쓸 생각이다.

그 폐역만 근사했던가? 그 밤하늘의 별들, 그때 그 우정과 사랑 들, 그 할머니의 웃는 얼굴. 모두 단출하고 반짝했지. 알 것도 같다. 왜 이렇게 허덕이면서 도대체 왜 이거 하나를 못 놓고 계속 살아가는지. 그러나 영면을 자처한 이들에게도 무궁한 축복을 함께 전하고 싶은 마음은 변하지 않는다. 어떻게 함께 이야기할 수 있을까? 한 몸이 되는 분노와 사랑을. 슬픔과 기쁨을. 환희와 우울을. 수치와 자성을. 고요와 항거를. 이건 도저히 계단식이 아니다, 진절머리가 나지만, 이건 마구잡이로 얽히고설킨 진흙 덩어리야, 이건 도저히 구분 지을 수 없는 여러 겹의 물살 같은 거야, 마구마구 요란하고 풍성해진 파도 같은 거야, 싶은 생의 성질을.

　세상의 모든 이야기가 단선적인 언어로 쓰여야 한다고 믿는 이들이 영원히 존재하더라도, 분명 어떤 글은 무언가를 결정하기보다 방랑하도록 작가가 내버려둬야만 한다. 그 이유는 첫째, 어느 총명한 독자나 동료가 작가는 깨닫지 못할 이야기의 진실과 세상의 비밀을 읊어줄 것이기 때문이며, 둘째, 우리 생의 성질이 그러하기 때문이다―계단식이 아니기 때문이다.

　다시 말해야겠다.

　기쁘게도, 생은 직선적이거나 선형적으로 굴러가지 않는다. 생은 예측할 수 없고, 통제할 수 없으며, 확고하게 규정하기 어렵다.

해설

신을 흉내 내는 아이들

— 안세진(문학평론가)

어렸을 때, 감당할 수 없는 죄책감을 혼자 떠안았던 적이 있었다. 시작은 평범했다. 많은 아이들이 그렇듯 그때 나는 몇 가지 강박에 시달렸다. 예를 들어, 횡단보도를 건널 때에는 흰색 선만 밟아야 한다는 것. 보도블록 사이사이에 그어진 금을 피해서 걸어 다녀야 한다는 것. 하굣길에는 그림자만 밟고 집까지 돌아가야 한다는 것. 다른 방으로 건너간 뒤에는 삼십 초 동안 숨을 참아야 한다는 것. 누가 알려준 것은 아니었다. 어느 순간 자연스럽게 그런 규칙들이 하나씩 만들어졌다. 시간이 지남에 따라 규칙은 점점 많아졌고 그것을 지키기는 무척 어려워졌지만, 나는 그래도 그것을 최대한 준수하려고 노력했다.

　문제는 내가 그러한 행위에 대해 자체적으로 어떠한 '벌'을 부과함에 따라 시작되었다. 규칙을 위반했을 때 무엇인가 응당한 처벌이 뒤따라야 한다고 생각한 까닭이다. 어느 순간부터 나는 주변에서 일어나는 비극들을 내가 규칙을 지키지 않았기 때문에 벌어진 결과로 소급해서 이해하기 시작했다. 어느 날 증조할머니가 돌아가셨을 때, 나는 그것이 내가 어제 횡단보도에서 실수로 검은색 아스팔트를 밟았기 때문이라고 생각했다. 그것은 의심할 여지가 없는 사실이었고, 오직 나만 알고 있는 비밀이었다. 망상은 점점 커져갔다. 내가 보도블록의 금을 밟았기 때문에 엄마가 아팠다. 내가 그림자를 놓쳤기 때문에 뉴스에서 사람이 죽었다. 내가 삼십 초 동안 숨을 참지 못했기 때문에 전쟁이 일어났다. 그런 상상이 반복되었다. 나의 죄는 점점 많아졌다. 나는 불합리한 죄책감에 허덕였다.

　부풀어 오르는 망상에 무섭고 숨이 막혀 도저히 잠들 수 없을 때, 나는 눈을 감고 거대한 존재를 상상하곤 했다. 그것은 내가 아는 그 누구보다 크고 거대한 존재였다. 엄마 아빠보다, 체육 선생님보다, 거대 로봇보다 큰 무엇이었다. 정말 정말 거대해서 고개를 들어 얼굴을 쳐다볼 수조차 없는 존재였다. 나는 그 거인의 어깨에 걸터앉아서 침대에 누워 있는 나를 내려다보았다. 하늘로, 우주로, 끊임없이 줌아웃 되는 풍경 속에서 모든 것은 아득해졌고, 그곳에서 들려오는 것은 세계를 움직이는 법칙과 맞닿아 있는 듯한 어떤 웅웅거림뿐이었다. 우주적인 수준까지 멀어지는 아득한 축척(縮尺) 속에서 나의 죄는 먼지처럼 작아졌다. 어쩌면 그때 나는 신의 어깨에 올라타 있었을지도 모른다. 신의 시선으로 세상을 바라보는 것, 그것은 어린 나를 경건하고 또 숙연하게 만들었다. 그리고 그곳에 걸터앉아 나는 생각했다. ***그건 어쩔 수 없는 일이었구나.*** 포근함과 구분되지 않는 어떤 체념과 무력 속에서 나는 비로소 잠들 수 있었다. 그런 어설픈 흉내가 나를 간신히 잠들게 했던 순간이 있었다.

*

이서아의 소설에도 신을 흉내 내는 아이들이 있

다. 서서히 소멸해가는 어느 조용한 해변 마을, 그곳에서 몇 명의 인물이 움직이고 있다. 단짝 할머니 미자와 향자, 백반집을 운영하는 지애와 지환('백'과 '반'), 요양원에서 일하는 혜란, 그리고 마을에 새로 온 소녀인 '나'까지. 세 편으로 이어지는 연작 속에서 이 여섯 인물의 삶은 천천히, 그러나 매우 깊이 얽혀들어 마을의 역사를 관통하는 거대한 서사를 직조한다. 이들을 하나의 덩어리로 끈끈하게 결속하는 아교는 바로 그들이 저마다 간직하고 있는 모종의 죄책감이다. 비록 소설에서 모든 것이 설명되는 것은 아니지만, 우리는 그 목록을 대략 다음과 같이 나열해볼 수 있다. 받은 책을 돌려주지 않았다는 것('나'), 할머니에게 망나니처럼 대했다는 것(혜란), 아이에게 자전거 타는 법을 알려줬다는 것(지애), 남편의 살인을 막지 못했다는 것(향자). 다분히 사후적으로 축조된 것임이 분명한, 엄밀하게 말하면 그들만의 잘못이라고 말할 수도 없는, 오직 자신만이 알고 있는 불합리한 죄들. 그러나 그 모든 기억은 그들의 마음 가장 깊은 곳에 지울 수 없는 죄책으로 새겨져 있다.

내가 창밖으로 백이 있는 곳을 바라보았을 때,

백의 몸통은 아주 자그마해져 있었다. 얼굴도 앳되어져 있었다. 백은 초등학생 같았다.

나는 반이 앉아 있는 조수석을 바라보았고, 반 역시 아주 작고 앳되어져 있다는 것을 알았다.

(……) 그날 도착한 숲은 아름다웠다. 날씨가 아주 좋았다. 두 초등학생은 나무 앞에 꽃다발을 내려놓고 한참을 서 있었다.

"자전거 타는 법을 가르쳐준 걸 후회하지 마." 어려진 반이 정적을 깨고 말했다.

어려진 백은 무너져 내리는 얼굴로 흐느끼기 시작했다.(45~46쪽)

불현듯 찾아오는 죄책감 앞에서 인물들은 실제 그들의 나이와는 무관하게 매번 어린아이가 된다. 「방랑, 파도」에서 '나'는 어느 날 지애의 아이가 묻힌 장지(葬地)를 향해 떠나는 남매의 외출에 동참하게 된다. 양 갈래로 머리를 묶고 다니던 아이는 몇 해 전 자전거를 타다 사고로 죽었다. 마치 피크닉을 떠나듯 콧노래와 함께 이어지던 여정의 한복판에서, '나'는 어느덧 무척이나 작아져 있는 남매의 모습을 발견한다. 초등학생처럼 아주 작고 앳된 모습으로 변해버린 남매는 아이가 묻혀 있는 나무 앞에서 꽃다발을 든 채 멈춰 서 있다. 어린아이가 된 지환은 지애에게 말한다. "자전거 타는 법을 가르쳐준 걸 후회하지 마." 그러나 지금 어린아이가 된 지애가 생각하는 것은 이런 것이다. "아이의 자전거를 밀어주면서 내가 말했었는데. 괜찮아, 너를 믿고 자전거를 믿어. 너는 훨훨 나아갈 거야, 라고. 그 말을 하지 않았어야 했다고."(70쪽) 뒤늦게 밀려드는 죄책의 물결 앞에서 콧노래는 이미 흐느낌으로 바뀐 지 오래다. 지금 이들은 돌아가 있는 것이다. 부풀어 오르는 망상에 잠들지 못하고 밤새도록 이불을 뒤척였던, 그 길고 긴 유년의 밤으로.

  자유로워진 거야, 지애는 생각했다.
  그들은 자유로워진 거야.
  지애는 종종 자신이 신을 흉내 내는 놀이를 하고 있다고 생각하며 혼자 웃었다. 얼레는 저편의 세계로 가는 문들을 이동시킬 수 있는 리모컨 같은 것. 지애가 얼레를 쥐고 한 발짝 움직일 때마다 실이 움직였고, 연이 움직였고, 세상이 움직였다. 그럴 때마다 지애는

콧노래를 불렀다. 어린 지애도 그랬고, 더 이상 어리지 않게 된 지애도 그랬다.(76쪽)

잠들지 못한 아이들은 자꾸만 신에게 말을 건넨다. 그것은 때로는 신의 무심함을 책망하는 원망의 형태를 띠기도 하고("종종 굽어살피시는지. 이곳을, 이 어둑한 곳을."(10쪽)), 때로는 신의 사면을 갈구하는 애원이 되기도 한다("신이시여, 책은 용서해주세요."(25쪽)). 대답 없는 물음만이 허공으로 흩어지던 어느 밤, 불경하게도 아이들은 짐짓 신의 시야를 흉내 내어 세상을 굽어보기 시작한다. 스스로의 고통으로부터 어떻게든 멀어지려고 하는 아이들의 안간힘은 이윽고 한 장의 연(鳶)이 되어 높은 하늘로 비약한다. 창공으로 날아오른 연 위에서 세상의 비극을 내려다보는 아득한 시야 속에서, 삶과 죽음의 경계를 구분하는 얼레를 한 손에 쥐고 있는 듯한 막연한 전능감 속에서, 흐느낌은 점차 잦아든다. "얼레가 돌아갔고, 바퀴가 굴러갔고, 세상이 운행되었다."(85쪽) 그리고 울음을 멈춘 지애는 지금 이렇게 생각하고 있다. "자유로워진 거야, (……) 그들은 자유로워진 거야." 반복되는 주변의 비극과 죽음을 '운명'이라는 낯설고 또 낯익은 낱말로 번역해내려는 이 어설픈 흉내 속에서, 비로소 잠들 수 있게 된다. **우리는 그것을 구원이라고 불러도 좋을 것이다.** "신을 흉내 내는 놀이, 그 불경하고 쓸쓸한 행위는 지애를 어느 정도 구원했다."(60쪽)

*

그러나 이 모든 장면이 아주 먼 거리를 두고 조감(鳥瞰)되고 있음에 유의해야 한다. 이서아의 소설을 읽는 내내 나를 힘들게 했던 것은 그의 소설이 무척이나 아름답다는 사실이었다. 지금 소설 속에서 인물들이 겪고 있는 비극들은 결코 아름답지 않다. 그러나 거인의 어깨에 걸터앉아 바라보는 그들의 모습은 너무나도 아름다웠다. 고통으로부터 끊임없이 멀어지려는 인물들의 안간힘. 그들을 풍경 속에 남겨둔 채 아득하게 멀어지는 소설의 문장. **그것은 필연적으로 특정한 종류의 아름다움을 발생시킨다.** 작중 단속적으로 노출되는 전지적 시점의 아포리즘(aphorism)과 기호화된 도상(圖像)들은 바로 소설이 채택하고 있는 그와 같은 미학적 전

략을 방증하는 몇 개의 사례들이다. 어쩌면 그러한 처리를 통해 이서아의 소설이 미필적으로 획득하고 있는 '쾌(pleasure)'는 단순한 아름다움을 넘어 고전적인 의미의 '숭고'에 맞닿아 있을지도 모르겠다. 나의 능력으로는 결코 이해할 수 없는 무한한 우주의 규칙과 맞닥뜨렸을 때, '운명'이라는 경이 앞에서 모든 말이 증발되어 오직 침묵할 수밖에 없을 때, 우리는 무척이나 작아진 스스로의 모습을 발견하며 아득한 숭고의 체험 속으로 침잠한다. 그것은 괴롭고 무서운 일이지만, 때로 그러한 체념과 무력이 야기하는 순종의 감각은 아이처럼 작아진 우리를 포근하게 감싸기도 한다.

그때였다. 하늘에서 거대한 존재가 절을 하듯이 두 손을 바다에 댄 채 엎드려 고개를 돌렸다. 어마어마하게 거대한 존재였다. 나는 볼품없이 작았다. 손톱만큼 작았다. 모래만큼 작았다. 신의 앞에서, 나는 초등학생보다도 작았고 어렸으며 슬픔에 속수무책이었다.

그리고 그건 신성한 일이 아니었다. 아름다운 일도 아니었다. 그건 단순한 일이고, 무심한 일이며, 초라한 일이었다.

나는 묻고 싶었다.

종종 굽어살피시는지.

이곳을, 이 어둑한 곳을.

그러나 거대한 존재는 내 슬픔을 주워주지 않는다. 거둬 가주지도 않는다. 보살펴주지도 않는다. 슬픔은 전적으로 내 몫이다.(51쪽)

「방랑, 파도」의 마지막 장면은 바로 그러한 숭고의 체험을 놀라울 정도로 정확하게 현시한다. 매일 밤마다 이어졌던 끊임없는 물음과 흉내의 보답인지, 소설의 마지막 순간에 이르러 '나'는 마침내 신을 만나게 된다. 느닷없이 해변가에 강림한 그 거대한 존재는 절을 하듯 두 손을 바닥에 대고 엎드린 채 고개를 돌려 누워 있는 '나'를 바라본다. 소설의 첫 장면과 수미상관을 이루는 이와 같은 동형적 구도 속에서 '나'는 요양원의 침대 밑으로 굴러 들어갔던 향자 할머니의 '옥색 반지'와 동일한 존재로 전락한다. 신 앞에서 볼품없이 작고 초라해진 스스로의 모습에 부끄러워하면서도 '나'가 끝까지 부여잡고 있는 것은 어떤 '인간적인' 기대들이다. 그동안 신이 말없이 나를 지켜보고 있었을지도 모른다는 것. 남몰래 이 어둡고 더러운 빈틈을 바라보고 있었을지도 모른다는 것. 그리고 어쩌면 이 세계로부터 나를 꺼내줄지도 모른다는 것. **그러나 신은 나에게 손을 뻗지 않는다.** 그 거대한 존재는 끝내 '나'의 슬픔을 거두어가지 않고, '나'가 남몰래 간직하고 있었던 모든 죄책감은 이전과 동일하게 자신의 몫으로 남겨진다.

이제 내 몸보다 커다란 보드를 끌 시간이었다. 생의 무게를 끌 시간이었다.

나는 자리에서 일어나며 말했다. "잠시만요. 모래를 좀 털고 올게요."

(……) 나는 다시 바닷속으로 성큼성큼 걸어갔다. 저 멀리서 새들이 날아가는 모습이 보였다.

나는 마음속으로 어떤 노래를 흥얼거리며 푸른 물에 몸을 담갔다——축축하게 들러붙어 있던 모래들을 풀어내면서.

새파란 바다가 나를 감싸안아줬다. 눈을 뜨자 일렁이는 해초들이 보였다. 초록빛 해초들. 춤추는 생명들.

잠시 후 나는 다시 방향을 돌려 얕은 곳으로 헤

엄쳤고, 바다에서 빠져나와 모래 위를 걸으며 보드와
연결된 줄을 쥐었다.

　　그리고 순례를 시작했다.(51~52쪽)

　　그러나 이 대목이 소설에서 결코 어떤 배교(背
敎)의 순간으로 이어지는 것은 아니다. 나의 고통과 슬
픔에 무심한 신의 형상. 차라리 그것이야말로 어떠한
궁극적인 구원일지도 모른다. 반복건대 세계를 굽어보
는 거대한 신의 시좌 속에서 개인의 절망과 비극은 한
없이 작은 것이 되기 때문이다. 숭고의 체험 속에서 밀
려오는 압도적인 체념과 무력. **그러나 역설적이게도 종
종 그것은 우리가 움직일 수 있는 유일한 조건이 된다.** 이
어지는 소설 속 장면을 보라. 신과의 그 짧은 마주침
후 '나'는 콧노래를 부르며 눈앞에 놓인 바닷속으로 성
큼성큼 걸어 들어간다. 그리고 그곳에서 새파란 바다
와 일렁이는 해초들은 모래가 묻은 '나'의 몸을 포근하
게 감싼다. 그렇게 본다면 무심한 신과의 마주침은 결
국 '나'로 하여금 반복되는 물음과 흉내를 그만두고 눈
앞에 펼쳐진 푸른 바다로, "춤추는 생명들"로 일렁이는
그 운명의 한복판으로 입수하도록 하는 결정적인 계기

가 되었을지도 모른다. 그렇기에 이 길고 긴 변신론(辯神論)은, 정처 없이 이어지는 '나'의 순례는, 계속해서 진행될 수밖에 없는 것이다.

세상의 모든 서퍼는 바다를 정복하려 하지도, 파도를 통제하려 하지도 않는다. 자기 몸의 흐름을 파도의 흐름에 기꺼이 맞출 뿐이다. 혜란의 눈에 지애도 그러했다. 지애는 파도를 타고 또 타며 무수히 많은 물결을 가로지르고 있었다.(92쪽)

이서아의 소설에서 아이들은 그렇게 운명에 몸을 맡긴다. 많은 장면에서 그들은 서프보드 위에 올라탄 채 해변으로 밀려오는 파도를 타고 있다. 때로 파도는 무척이나 거세져 그들을 물에 빠뜨리기도 하지만, 작중 설명되듯 서퍼는 결코 파도를 정복하거나 통제하려고 하지 않는다. *마음 놓고 파도에 몸을 맡길 것. 그러나 서퍼와 보드를 이어주는 그 줄을 결코 놓지 않을 것.* 그 것은 마을로 찾아온 외지인인 '나'에게 상속되는 가장 중요한 배움 중 하나이기도 하다. '운명에의 순응'과 '생존의 약속'이라는 두 개의 격률(格率)이 이루는 이 절묘한 균형 속에서, 비로소 소설 속 '서핑=삶'의 은유는 작동하기 시작한다. 바다에 떠 있는 그들은 마치 어떤 거대한 움직임에 동기화되어 있는 것처럼 보인다. 바람의 방향, 지구의 자전, 달의 움직임. 파도를 만들어내는 거대한 규칙과 섭리들은 그들을 이리저리 밀어내고 있고, 아이들은 그 물결 위를 떠다니며 천천히 어른이 된다. 그리고 이 모든 장면은 어김없이 신의 시선을 연상케 하는 높은 위치에서 아름답게 부감(俯瞰)된다. "그들은 풍경 같았다."(26쪽)

*

그렇다면 이서아의 소설은 운명이라는 바다를 떠다니는 아이들의 모습을 신의 눈을 빌려 그저 멀리서 조망하고 있을 뿐일까. 그러한 우려에 맞서 내가 중요하게 지적하고 싶은 점은 **이서아가 그려내는 이와 같은 풍경 속에 종종 극단적인 클로즈업이 개입된다는 사실이다.** 그것이 가장 극적으로 드러나는 소설은 연작의 마지막 작품인 「향자」이다. 소설 속 향자에게는 하나의 비밀이 있다. 어느 날 바다로 나가 실종된 것으로 알려진 지애와 지환의 아버지가 사실 노름판에서 벌어진 다툼 끝에 자신의 남편에 의해 살해당했다는 것. 남편의 자살 이후 오직 그녀의 몫으로 남겨진 그 비밀은 이윽고 감당할 수 없을 정도로 부풀어 올라 향자의 남은 인생을 좀먹는다. 늙고 병들어 아이처럼 어려진 향자는 자꾸만 어떤 마차 혹은 승합차가 집 앞에 멈추어 자신을 잡아가는 꿈을 꾸기 시작한다. 꿈속에서 향자는 자신이 마침내 체포되었음에 안도하며 가슴을 쓸어내리지만, 그와 같은 망상이 반복될수록 눈을 뜨는 순간 밀려드는 두려움은 점점 거세질 뿐이다. 남편의 죄악으로부터 비롯된 불합리한 죄책은 이렇게 마지막 순간까지 향자의 모든 것을 압도하고 있다.

연을 날리는 아이들은 향자의 눈에 작은 정령처럼 보였다. 그들은 물레를 돌려 실을 운행했고 연을 운행했으며 향자의 시선을 운행했다. 향자는 잔잔한 바람을 따라 연이 이리저리 평화롭게 흔들리는 것을 바라보았다. 공터 아이들의 눈길 끝에는 언제나 새가 있었고, 그 새는 고고하고 자유롭게 날갯짓했다.

두 정령이 연 날리는 행위를 통해 무엇을 보살

피고 있는지는 알 수 없었다. 중요한 것은, 향자의 눈에, 그들이 연을 날릴 때 세상이 여러 겹으로 부드럽게 쪼개졌다는 것이다. 혹은 하나의 살아 있는 덩어리가 되어 그들을 감싸안았다는 것이다. 그럼에도 향자는 그들이 기다랗고 가느다란 실 끝의 연을 높이높이 띄워 올림으로써 세상과 분리되고 있는 것만 같다고 생각했다. 혹은 그 어떤 순간보다 확고하게 세상과 한 몸이 된다고 믿었다. 오직 선 하나를 통해서.(129~130쪽)

그런 향자에게 하나의 취미가 있다면 그것은 남매가 공터에서 연을 날리는 모습을 몰래 바라보는 것이다. 얼레를 돌려 하늘 높이 연을 띄우는 두 남매의 모습은 마치 비밀스럽게 무언가를 보살피는 작은 정령들처럼 보인다. 우리는 이와 같은 '바라봄'의 행위가 그동안 어떠한 방식으로 향자를 구원해왔을지 그 내막을 충분히 유추할 수 있다. 하늘 높이 솟아올라 신성에 맞닿는 연의 운행을 바라보며 숭고함을 대리 체험하기. 새처럼 자유롭게 비약해 세상을 내려다보는 고고한 시좌 속에서 작아진 나의 죄를 내려다보기. 그것은 익숙한 장면이다. 소설 속에서 아이들은 언제나 그렇게 자신의 고통을 버텨왔다. 그렇다면 지금 남매의 모습을 훔쳐보는 향자는 이번에도 은밀하게 신을 흉내 내고 있을까. 매일 밤마다 이불을 뒤척이는 자신의 두려움이 더 이상 보이지 않게 될 때까지 멀리멀리 날아오르고 있을까.

원형을 그리며 돌아가는 물레를 보며 향자는 미자가 운행하던 재봉틀의 바퀴를 떠올렸다. 미자는 바퀴를 돌려 바늘을 운행했고 재봉틀을 운행했으며 향자의 마음을 운행했다. 향자는 미자의 집에서 책을 읽다 말고, 멍하니 재봉질을 하는 미자의 모습을 바라보았을 때처럼 하늘에 길쭉한 선을 긋는 정령들의 풍경을—한 폭 그림 같던 그 광경을—바라보았다. 그때 향자는 어째서 자신이 그런 운행의 장면에 매혹되는지를 스스로 의아하게 생각하면서도 눈을 떼지 못했다. 방과 하늘과 바다에 놓인 천과 실과 선을 따라 세상이 작동되고 있었다.(130~131쪽)

그런데 이상하게도 이 장면에서 향자의 시선은 이전처럼 멀리 날아오르지 못한다. 대신 그것이 내려앉은 자리에는 향자의 오랜 친구 미자의 주름진 손이 놓여 있다. 향자에게 미자는 어떤 존재였는가. 소박을 맞은 뒤 식모살이를 하며 남의 집을 전전했지만 아주 굳세고 강한 심지를 지녔던 여자. 말 섞을 이 하나 없는 바닷가 마을에서 그녀 옆에 있어준 유일한 친구. 치마를 걷어 올려 종아리 뒤쪽에 가득한 피멍을 처음으로 보여주었던 언니. "불행한 여자들끼리"(105쪽) 붙어 다닌다는 주변의 쑥덕거림 속에서도 마지막까지 잡은 손을 놓지 않았던 단짝. 지금 하늘로 멀어지는 남매의 연을 바라보며 **향자는 엉뚱하게도 미자를 향해 수렴되는 아주 세밀한 기억 속에 빠져 있다.** 남매가 쥐고 있는 얼레의 이미지는 미자가 오래전에 돌리던 재봉틀의 바퀴와 겹쳐지고, 창공을 분할하는 연실의 궤적은 미자의 손끝에서 수놓아졌던 아름다운 무늬들로 이어진다. 그리고 이제 그곳에서 천천히 풀려나오는 것은 미자와 함께 보냈던 향자의 아주 내밀하고 사적인 기억들이다. 옆에서 들려오는 미자의 재봉틀 소리로 인해 간신히 운행될 수 있었던 삶의 시기들을, 미자가 드리운 "나무 그늘"(107쪽) 아래로 기어들어 작은 동물처럼 간신히 잠들 수 있었던 순간들을, 지금 향자는 아주 가깝고도 선명한 장면으로 떠올리고 있다.

요양원 앞에 승합차가 한 대 세워져 있었다. 알싸한 냄새가 풍겼다. 향자가 가까이 다가가자 승합차 안에서 두 사람이 내렸다. 두 사람은 향자를 조심스럽게 부축해주었다. 향자는 힘없는 다리로 느리게 느리게 걸어 차에 올라탔다.

차가 출발했고, 잠시 후 창밖으로 가게 문을 열고 있는 지애가 보였다. 지애는 잠이 덜 깬 듯 몽롱한 얼굴로 하품을 쩍 했다.

그 모습을 보고 향자도 하품을 쩍 했다. 그리고 혼자 웃었다.

그러자 창밖으로 미자의 집이 보였다.

재봉틀이 보였다.

주홍빛 노을 깔린 하늘 아래 짙푸른 바다가 보였다.

주름진 손이 보였다.

흰 눈에 온통 덮인 마을 풍경이 보였다.

어디서부터 밀려왔는지 모를 거대한 파도가 보였다.

새가 보였다.(144~145쪽)

길게 인용한 소설의 마지막 장면을 나는 이 글을 읽는 독자들과 함께 마지막으로 바라보고 싶다. 어느 날 요양원의 침대에서 눈을 뜬 향자는 이상할 정도로 고요한 주변의 풍경을 마주하게 된다. 향자는 휠체어를 타고 텅 빈 복도를 지나 정문에서 자신을 기다리고 있는 승합차에 올라탄다. 그것은 아무래도 향자가 아주 오랫동안 기다려온 마지막 순간인 듯하다. 이제 향자는 마차에 올라 하늘을 향해 멀리멀리 날아간다.

이때 마을의 풍경을 마지막으로 내려다보는 향자의 시선은 마치 신의 그것과 닮아 있다. 눈 덮인 마을이 보인다. 주홍빛 노을이 보인다. 짙푸른 바다가 보인다. 거대한 파도가 보인다.

그런데 그러한 풍경 속에 자꾸만 너무나도 세밀한 장면들이 끼어든다. 미자의 집이 보인다. 재봉틀이 보인다. 주름진 손이 보인다. 새가 보인다.

문장은 저 멀리 놓인 신성과 눈앞에 놓인 세속 사

이에서 갈피를 잡지 못하고 흔들린다. 세상을 떠나며 자신이 살아온 마을의 풍경을 묵묵히 조감하는 망자(亡者)의 시선 사이사이에, 도저히 멀어지지 않는 미자를 향한 사랑의 기억들이 극단적으로 클로즈업된 쇼트로 무수히 박혀 있다. 축척은 사정없이 교란되고 화자의 초점은 어긋난다. 현실적으로 생각해본다면 아득하게 멀어지는 마을의 풍경과 사랑하는 미자의 주름진 손을 동시에 바라보는 것은 불가능할 테다. 그러나 소설은 그 불가능한 순간을 기어코 우리의 눈앞에 보이고 있다.

나는 이것이 우리가 소설을 읽으면서 마주할 수 있는 정말 아름다운 순간 중 하나라고 생각한다. ***신성과 세속. 숭고와 사랑.*** 어쩌면 소설은 그 둘 중 하나만으로도 성립할 수 있다. 그러나 진정으로 아름다운 장면은 결국 양극단에 놓인 두 개의 초점 사이에서 진동하는 어떤 흔들림과 망설임 속에서만 간신히 포착될 수 있는 것일지도 모르겠다. 세 편의 소설은 끝났지만 어째서인지 이야기는 계속해서 이어질 것만 같다. 나는 책을 덮고 다시 첫 장을 펼친다. 작은 바닷가 마을에서 신을 흉내 내는 여섯 명의 아이들. 그들 앞에서 이서아는 누구보다 능숙하게 소설의 렌즈를 맞추고 있다. 나는 비밀처럼 속삭이고 싶다. 이제 곧 무언가를 보게 될 것이라고.

그리고 그것은 무척이나 아름다울 것이라고.

수록 작품 발표 지면

「방랑, 파도」
『자음과모음』 2025년 봄호

「빗금의 논리」
『솜』 2025년 상권

「향자」
『문학들』 2025년 가을호

트리플 35

방랑, 파도
© 이서아, 2026

초판 1쇄 인쇄일 2026년 2월 26일
초판 1쇄 발행일 2026년 3월 12일

지은이 · 이서아

펴낸이 · 정은영
편집 · 전욱진 김은혜 김수진
디자인 · 이선희 김혜원
마케팅 · 이언영 임병천 임동렬 박채윤
저작권 · 신은혜 김현영
제작 · 홍동근
펴낸곳 · (주)자음과모음
출판등록 · 2001년 11월 28일
제2001-000259호
주소 · 경기도 파주시 회동길 325-20
전화 · 편집부 02) 324-2347
경영지원부 02) 325-6047
팩스 · 편집부 02) 324-2348
경영지원부 02) 2648-1311
이메일 · 편집부 munhak@jamobook.com
저작권 ip@jamobook.com

ISBN 978-89-544-7351-4 (04810)
978-89-544-4632-7 (세트)